KB114476

十弓星
십자성
전왕의 검

십자성-전왕의 검 5

허담 新무협 판타지 소설

초판 1쇄 찍은 날 § 2016년 2월 4일
초판 1쇄 펴낸 날 § 2016년 2월 15일

지은이 § 허담
펴낸이 § 서경석

편집책임 § 박가연
디자인 § 신현아

펴낸곳 § 도서출판 청어람
등록번호 § 제387-1999-000006호
등록일자 § 1999. 5. 31
어람번호 § 제2-2636호

주소 § 경기도 부천시 원미구 부일로 483번길 40 서경B/D 3F (우) 14640
전화 § 032-656-4452 팩스 § 032-656-4453
http://www.chungeoram.com
E-mail § chungeorambook@daum.net

ⓒ 허담, 2015

ISBN 979-11-04-90632-9 04810
ISBN 979-11-04-90503-2 (세트)

5
초립 천무객
十字星
십자성
전왕의 검
도서출판 청어람
허담 新무협 판타지 소설
FANTASTIC ORIENTAL HEROES

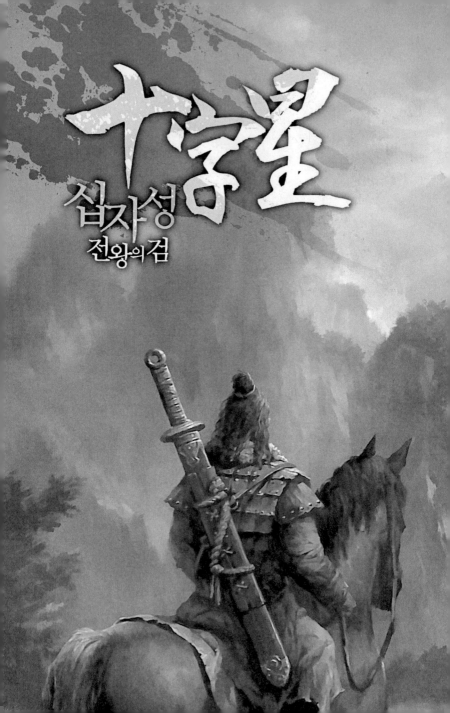

제1장
흑두룡

쿠샨은 절벽 위에서 한여름 태풍에 쓸리듯 무너져 가는 비곡채를 보고 있었다.

그 강렬한 충격이 가슴을 두근거리게 만들었다. 비곡채가 무너지는 데는 반 시진도 걸리지 않았다. 적풍의 검이 만드는 강력한 검기의 회오리는 스치는 모든 것을 파괴했다.

비곡채의 수적들은 감히 적풍 앞을 막지 못했다. 아니, 적풍의 앞을 막기는커녕 그의 십여 장 안으로 접근조차 하지 못했다.

적풍은 그렇게 자신의 만든 검기의 태풍 속에서 유유히 비곡채를 거닐었다. 마치 태풍의 눈 속에 들어와 있는 것처럼 그렇게 여유 있고 부드러운 걸음과 움직임이었다.

검기의 광풍 속에서 세상을 소요하듯 걷고 있는 적풍의 그 이율배반적인 모습에 사람들은 충격을 넘어 전율적인 두려움을 느꼈다. 그리고 그건 절벽 위에서 적풍을 바라보고 있는 쿠샨도 마찬가지였다.

"휴… 이젠 그만 끝내시지……?"

쿠샨이 자신도 모르게 중얼거렸다.

정해진 운명 앞에 무력하게 당해 버리는 나약한 인간들처럼, 자신들의 터전을 철저하게 무너뜨리는 적풍의 모습을 그저 두려운 눈으로 지켜보고만 있는 수적들이 외려 불쌍하게 느껴지는 쿠샨이다.

쿠쿠쿵!

급기야 동쪽 절벽에 면해 단단하게 쌓아놓았던 비곡채의 석축까지 무너져 강물 속으로 사라졌다.

그리고 쿠샨의 바람대로 그즈음에서 적풍이 검을 거뒀다.

휘이잉!

길게 이어지는 황량한 바람 소리가 들려왔다.

이상한 일이다. 겨울도 아닌데 바람에서 냉기가 느껴졌다. 그 냉기에 비곡채의 수적들이 다시 한 번 몸을 떨 때 적풍이 잠시 멈췄던 걸음을 다시 옮겼다.

저벅! 저벅!

적풍은 규칙적인 발걸음으로 자신이 만들어놓은 난장의 폐허를 걸었다.

기이한 것은 그 난리 속에서도 상한 사람은 별로 없다는 것이었다. 하긴 애초에 사람이 상하려면 적풍에게 대항하는 자가 있었어야 하는 데 비곡채의 수적 중 그를 막아선 자가 없으니 상한 자가 적은 것은 당연한 일이었다.

다시 걷기 시작한 적풍의 행보가 앞서와 다른 것은 이젠 더이상 검기의 태풍이 일어나지 않는다는 것이었다. 물론 여전히 그의 손에는 검이 들려 있었다. 하지만 그의 검은 그저 투박한 검신만 드러내고 있을 뿐 그 무엇도 베지 않았다.

그러나 비곡채의 수적들은 그 움직이지 않는 검, 아무것도 베지 않은 검이 두려웠다.

어쩌면 차라리 적풍이 태풍처럼 검기를 일으켜 비곡채를 무너뜨릴 때가 더 견딜 만했는지도 몰랐다. 그때야 두렵기는 해도 숨은 쉴 수 있었지만 지금은 숨조차 쉴 수 없었다.

아무런 움직임 없이 그저 폐허 속을 걷는 적풍의 행보는 외려 긴장감을 끌어 올려 수적들에게 언제라도 폭발할 것 같은 압박감을 안겨주고 있었다.

그렇게 질식할 것 같은 긴장 속에 수적들을 몰아넣은 적풍의 여유로운 발걸음이 처음 그가 있던 곳으로 돌아왔다.

비곡채 방책의 서쪽 입구, 이젠 무너져서 휑하니 뚫린 그 방책 입구로 돌아온 적풍이 여전히 그곳에 서 있는 채주 이괄에게로 다가갔다.

비곡채주 이괄은 자신의 모든 터전이 한순간에 무너져 내린 것을 믿을 수 없는지 몽롱한 듯한 눈으로 폐허와 그 폐허를 등지고 다가오는 적풍을 바라봤다.

적풍의 걸음은 비곡채주의 삼 장 앞에서 멈췄다. 적풍은 눈을 가린 초립 뒤쪽에서 자신을 괴물처럼 바라보고 있는 이괄을 잠깐 동안 응시했다. 그러다가 검을 들어 이괄을 가리키며 말했다.

"둘 중 하나를 선택할 수 있다."

"워… 원하는 게 뭐냐?"

이괄이 겨우 용기를 내서 물었다.

"비곡채를 거두고 그간 모아둔 재물을 동료들에게 나누어 주어 양민으로 살아가게 하라."

"비곡채를 파하라고?"

이괄로서는 받아들이기 힘든 요구다. 비곡채는 그가 평생을 바쳐 만들어낸 수채였다.

"다른… 길은 뭐냐?"

이괄이 일말의 기대를 품은 얼굴로 물었다. 두 가지 길이 있다 했으니 어쩌면 비곡채를 살릴 수 있는 길도 있을지 몰랐다.

"내 검에 죽는 것! 그래서 그간 그대가 죽인 자들에게 죽음으로써 빚을 갚는 것이다."

적풍이 차가운 표정으로 말했다. 마치 강호정의를 수호하는 생사판관과 같은 모습이었다.

적풍의 대답에 이괄의 표정이 일그러졌다. 첫 번째 제안보다 더 받아들이기 어려운 제안이기 때문이었다. 이괄이 정신을 차리려는 듯 길게 심호흡을 했다. 그리고 침착하게 물었다.

"비곡채 뒤에 누가 있는지 알고 있지 않소? 정말… 그들을 감당할 수 있겠소?"

말투는 어느새 정중하게 변했다. 이미 한 번 쓴 패를 다시 한 번 꺼내 든 이괄이다. 그는 마지막으로 한 번 더 지왕종문의 이름에 기대를 걸어보고 싶은 듯했다.

"지왕종문은 천하를 어지럽히는 사악한 마도의 무리, 결국 언젠가는 내 손으로 멸하고 말 것이다."

"그… 게 가능할 것 같소?"

"두고 보면 알 것이다. 물론 당신이 살아 있어야 볼 수 있겠지만……."

"조, 좋소. 당신 말대로 하겠소. 들어라! 오늘부로 비곡채는 문을 닫는다. 모두 창고에 모아둔 재물을 챙겨 살길을 찾아가라."

"채… 채주?"

이괄의 명에 주위의 수적들이 놀라 이괄을 바라봤다.

"명대로 해라. 젠장! 인연이 있으면 또 만나겠지. 난 가도 되겠소?"

이괄이 적풍에게 물었다. 이대로 수채를 떠나겠다는 말이다.

그런 이괄을 적풍이 기이한 눈으로 바라봤다. 이렇게 쉽게 자신이 평생 이룩한 것들을 포기하는 자는 흔치 않다.

'혹은 후일을 도모하려는 자들이지.'

생각이 거기에 미치자 적풍이 한줄기 미소를 지었다.

"가도 좋다."

적풍이 순순히 대답했다.

"젠장… 고맙다는 말을 못 하겠소."

"부디 다시 보지 않기를 바란다."

적풍이 말했다.

"무슨 뜻이오?"

"흑룡채로 갈 거라면 생각을 바꾸라는 뜻이다."

적풍이 대답했다. 비곡채를 버리고 이괄이 갈 수 있는 곳은 오직 한 곳뿐이다. 그의 누이와 매형이 있는 흑룡채, 그곳에서 이괄은 재기를 노리려 할 것이다.

"그 말은… 흑룡채도 공격하겠다는 뜻이오?"

"흑룡채주 흑두룡의 목을 벨 생각이지."

"당신… 대체 누구요?"

이괄이 새삼스레 적풍의 정체를 물었다. 흑룡채는 같은 수채라도 이괄의 비곡채와는 비교할 수 없는 규모의 수채였다.

사실 이괄이 지왕종문을 들먹이기는 했어도 그 연결 고리는 결국 흑룡채였다.

비곡채가 무너진다고 지왕종문의 고수들이 움직일 일은 거의 없지만 흑룡채가 무너지면 지왕종문은 즉각 반응할 것이다.

"날 아는 사람들은 날 천무객이라고 부르지."

"천무객이라… 처음 듣는 별호구려."

"강호에 나온 것은 처음이니까."

"어디 출신이오?"

이괄이 다시 물었다. 기왕에 수채를 버리고 떠나가는 마당에 최대한 적풍에 대해 많은 것을 알아 가려는 이괄이었다.

그러나 적풍은 이괄의 물음에 대답하는 대신 가볍게 손을 저었다. 어서 떠나가라는 뜻이다.

그러자 이괄이 힐긋 적풍을 노려보고는 신형을 돌려 수채를 떠나며 소리쳤다.

"내 가족들은 알아서 챙겨 보내라!"

"아… 알겠습니다. 채주!"

뒤에 남아 있던 수적들이 당황한 표정으로 대답했다.

이괄은 단 한 번도 뒤돌아보지 않고 수채를 떠났다. 그러나 멀리서 비곡채가 무너지는 것을 보고 있던 쿠샨의 눈에는 살기로 가득한 이괄의 얼굴이 선명하게 보였다.

아마도 이괄은 그 살기를 감추기 위해서 서둘러 수채를 떠난 것일지도 몰랐다.

"한 시진 안에 수채를 비워라!"

이괄이 떠나자 적풍이 수적들을 보며 명했다. 그러자 수적들이 잠시 머뭇거리다가 이내 수채 안으로 달려 들어갔다.

적풍에 의해 난장판이 된 수채는 그곳의 주인들이었던 수적들에 의해 다시 한 번 헤집어졌다.

수적들은 창고에 보관하고 있던 재물들은 물론 금자가 되거나 쓸모가 있는 물건이라면 기둥이라도 뽑아 갈 기세로 수채를 헤집었다. 얼핏 보면 그곳에 살던 자들이 아니라 그곳을 약탈하러 온 자들 같기도 했다.

그렇게 메뚜기 떼가 헤집고 지나간 것처럼 수채를 뒤집어놓은 수적들은 적풍의 경고대로 한 시진 안에 수채를 비웠다.

누구는 말을 타고 서쪽 잔도로 빠져나갔고, 대다수는 배를 타고 강으로 나갔다.

배와 말을 차지하지 못한 자들은 그들이 챙긴 재물을 등에 지고 걸어서 수채를 떠났다.

그렇게 비곡채가 비워졌다. 태풍이 쓸고 간 것 같은 폐허에 황량한 기운만 감돌았다.

적풍은 수적들이 떠나기를 기다렸다가 다시 수채 안으로 들어갔다. 적풍은 수채를 둘러보다 그중 그래도 가장 멀쩡한 모양을 하고 있는 커다란 나무 전각으로 다가갔다.

아마도 그곳은 수채의 주인이었던 이괄과 그 가족들이 살고 있었던 곳인 듯 보였다.

전각 안으로 들어간 적풍이 잠시 후 큰 항아리 두 개를 양손에 들고 나왔다. 항아리 안에는 기름이 가득 들어 있었다.

적풍이 항아리를 들어 전각의 지붕에 던졌다.

퍽퍽!

항아리들이 지붕에 떨어져 깨지면서 그 안에 들어 있던 기름들이 지붕과 나무 기둥을 타고 흘러내렸다.

적풍은 기름이 전각을 완전히 적시기를 기다려 부싯돌을 꺼냈다. 그러고는 흘러내린 기름에 불을 붙인 후 수채를 떠났다.

쿠샨은 불타는 전각을 등지고 수채에서 걸어 나오는 적풍을 바라보고 있었다.

여전히 챙이 넓은 초립을 쓰고 있어서 그 얼굴이 자세히 보이지 않았다. 그러나 초립에 감춰진 그 검고 깊은 눈은 보이지 않아도 섬뜩한 기운이 풍겨냈다.

"굳이 태울 필요가……?"

적풍이 자신 앞에 이르자 쿠샨이 물었다.

"뿌리는 확실히 뽑아야 하니까. 이곳은… 다시는 수적들의 수채가 설 수 없을 거요."

"확실한 경고가 되긴 하겠군요."

"시작치고는 괜찮은 듯하오."

"바로 흑룡채로 가실 겁니까?"

"아니, 그가 나오기를 기다리겠소."

적풍이 대답했다.

"흑두룡이 움직일까요?"

"분명히 움직일 거요."

"하면… 이곳에서 며칠 지내야겠군요. 그럴 거면 조금 늦게 수채를 태울 것을 그랬습니다."

"폐허에서 머무는 것은 싫었소."

"알겠습니다. 하면 어디로……?"

"그가 오는 것을 볼 수 있는 곳으로 갑시다."

적풍의 말에 쿠샨의 시선이 비곡의 절벽 위로 향했다.

* * *

장강 중류로 들어가는 지류 중 혼류강이라는 기이한 강이
있다. 강인 듯하면서도 강이 아닌 모습이고, 늪지인 듯하면서
또 늪지는 아닌 물길인데 그래도 흐름이 있어 사람들은 강이라
고 이름을 붙였다.

물길의 기이함과 간혹 수십 갈래로 갈라지는 물줄기로 인해
혼류라는 이름을 가지게 되었는데, 강의 모습을 본 사람들은
그 이름이야말로 이 물길을 가장 잘 표현한 것이라고 말하곤
했다.

물길 곳곳에 수초 군락이 섬처럼 떠 있어 그 수초의 숲에서
아침 중순까지 안개가 일어나 함부로 배를 몰아 들어갈 수도
없는 곳이었다.

그러나 사람들이 혼류강으로 배를 몰아가지 않는 진정한 이
유는 다른 데 있었다. 그 이유는 바로 그곳에 장강에 터를 잡
고 살아가는 사람들이 가장 두려워하는 수적들이 똬리를 틀고
있기 때문이었다.

수적 중의 수적, 장강의 제왕이라는 흑룡채가 존재하는 혼
류강이라 어지간히 큰 간을 가지고 있지 않는 이상 혼류강을
타고 오르는 배들이 있을 리가 없었다.

구구구!

아직 아침 안개가 완전히 걷히지 않은 수초 숲에서 물새 소
리가 구슬프게 들려왔다.

그러자 여기저기 혼류강에 흩어져 존재하는 수초의 숲에서
다른 물새들이 마주 울음을 울었다. 그러자 삽시간에 혼류강

이 물새들의 울음소리로 가득 찼다. 그런데 한순간 물새들의 울음소리가 더 강렬한 소음에 묻혀 버렸다.

철썩!

여름날 바닷가에 몰아치는 파도처럼 우렁찬 물결 소리가 일어나더니 갑자기 안개가 좌우로 갈리면서 검은 물체가 괴물처럼 모습을 드러냈다.

거대한 배였다. 선수에 부딪히는 물결들이 산처럼 좌우로 갈라졌다. 그 파문으로 인해 혼류강 곳곳에 위치한 수초(水草)들의 섬들이 낙엽처럼 흔들렸다.

안개도 배의 위세에 밀렸다. 아침을 지배했던 안개들이 언제 있었냐는 듯이 사방으로 흩어졌다. 그리고 그 자리를 괴물 같은 흑선이 차지했다.

"속도를 높여라!"

흑선이 장강과 혼류강이 합쳐지는 지점에 이르자 배 위에서 우렁찬 목소리가 흘러나왔다.

그러자 배 아래쪽에 위치한 노꾼들이 힘차게 노를 젓기 시작했다. 배의 속도가 급격하게 빨라졌다.

바람처럼 움직이기 시작한 배의 선수(船首)에는 다섯 명의 굴강한 사내가 서 있었다. 오십 대 중반으로 보이는 네 사내가 호랑이 같은 인상을 지닌 사내를 호위하듯 서 있었는데, 사내는 거친 바람 속에서도 전혀 표정을 변화시키지 않고 있었다.

마치 세상의 지배자인 것처럼 자신의 배 위에서 오연한 눈으로 장강의 너른 물길을 바라보고 있을 뿐이었다.

"그가 여전히 그곳에 있을까요?"

문득 사내를 둘러싸고 있던 자 중 한 명이 물었다. 조금은 걱정스런 표정으로 입을 연 자는 바로 적풍에 의해 비곡채에서 쫓겨난 이괄이었다.

"그가 날 목표로 했다면 기다리고 있을 걸세."

굴강한 사내가 대답했다.

"하지만 그는 흑룡채로 직접 온다고 했는데……."

이괄이 조심스레 말했다.

"처남, 말은 항상 정확하게 해야 하네. 그의 목표는 흑룡채가 아니라 나라고 하지 않았나?"

사내가 물었다.

"그 말이 그 말 아닙니까?"

이괄이 물었다.

"다르지. 흑룡채가 목표라면 수채로 오겠지만 내가 목표라면 아마도 혼류강 밖으로 내가 나오길 기다리고 있을 걸세. 혼류강에 들어오는 것은 아무리 고수라도 꺼려지는 일일 테니까."

"듣고 보니 매형 말씀이 맞는 것 같습니다. 그런데 그자가 다른 곳도 아닌 비곡에 머물 거라고 생각하시는 이유는 뭡니까?"

이괄이 다시 물었다.

"하하하! 그럼 그가 어디서 날 기다리겠는가? 비곡에서 분탕질을 친 이유는 나보고 그리 오라는 초대장 같은 걸세."

사내가 갑자기 호탕한 웃음을 터뜨렸다. 그러자 사내가 순간한 마리 호랑이로 변한 듯 강렬한 기운을 뿜어냈다.

이 사내야말로 장강 수적들의 제왕이라 불리는 흑룡채의 채주 흑두룡이다. 사사로이는 이괄의 매형이기도 한 그는 그러나 이괄조차도 감히 살갑게 대할 수 없는 절대적인 권력을 지닌 자이기도 했다.

그가 이끄는 흑룡채가 지왕종문에 합류했을 때 북두회의 여러 문파가 크게 걱정할 수밖에 없었는데, 이유는 그가 지왕종문의 요구로 장강의 물길을 막을 것을 걱정했기 때문이었다.

그러나 흑룡채는 예상외로 장강의 물길을 통제하지 않았다. 이유야 정확히는 모르지만 물길이 막힐 경우 황군의 동원될 수도 있음을 우려해서라는 것이 대체적인 평이었다.

하지만 물길을 막지 않았다고 흑룡채가 지왕종문에 합류한 영향이 아주 없는 것은 아니었다.

북두회는 물론 천하무가의 사람들이 장강을 오르내릴 때는 항상 조심해야 했고, 또 지왕종문의 고수들이 흑룡채의 도움을 받아 대혈산과는 거리가 먼 절강에 귀신처럼 출몰해 지혈문을 멸하기도 했던 것이다.

그런 이유로 지왕종문에 합류한 천하의 여러 문파 중에서도 흑룡채는 무척 귀한 대접을 받고 있었다. 당연히 그 채주인 흑두룡의 기세가 도도할 수밖에 없었다.

"혹 사람을 불러 위험한 함정을 파지는 않았을까요?"

이괄이 다시 걱정스레 물었다.

"그러지는 않았을 거네."

"왜 그렇게 생각하십니까?"

"비곡채를 홀로 무너뜨린 자야. 수적 하나 상대하는 데 함정을 파는 것을 수치로 생각할 걸세."

"하지만 상대는 천하수채의 제왕이신 매형이신데요?"

"그게 그에게 뭐가 그리 중요하겠는가? 그런 자가 보기엔 그래 봐야 비천한 수적에 지나지 않는데……"

"만약 그렇다면 그는 큰 실수를 하는 거지요."

이괄이 말했다.

"그러게 말일세. 그래서 기분이 좋아. 가끔 그렇게 정인군자입네 하는 자들을 족치는 것도 별미거든. 하하하!"

흑두룡이 살광이 가득한 눈빛으로 또다시 호탕한 웃음을 터뜨렸다.

흑두룡이 이끄는 흑룡채의 수적선은 바람처럼 빠르게 이동했다. 그래서 그들이 혼류강을 빠져나온 지 채 삼 일이 지나지 않아 이미 비곡의 경계에 들어서고 있었다.

"날 좋구만!"

비곡이 가까워지자 도도하던 흑두룡도 약간 긴장이 되는지 아침부터 선수에 나와 주변을 살피고 있었다.

비록 그 스스로 함정은 없을 거라 장담하긴 했지만 그래도 마음 한쪽에 불안한 마음이 스며드는 것은 어쩔 수 없는 모양이었다.

"주변을 면밀히 살펴라!"

흑두룡의 심복 중 한 명이 배에 탄 수적들에게 경고했다.

수적들이 그의 말에 따라 날카로운 눈빛으로 사방을 주시했다. 그러나 어디에도 흑룡채의 배를 공격하려는 적들은 보이지 않았다.

그러는 사이 배는 어느새 무너진 비곡채를 앞에 두고 있었다.

"아주 박살이 났구만!"

흑두룡이 무너지고 불타 버린 수채를 보며 혀를 찼다.

"불까지 싸지를 줄은 몰랐습니다."

이괄이 화난 표정으로 말했다.

이괄이 떠날 때만 해도 무너지기는 했지만 불에 타지는 않았던 수채였다. 불타지 않은 수채는 재건할 수 있지만 이렇게 완벽하게 불타 버린 수채를 재건하는 일은 쉬운 일이 아니다.

"독한 자구만!"

흑두룡 역시 비곡채를 완전히 불살라 버린 적풍에 대해 화가 난 듯 눈살을 찌푸렸다.

그런데 그때였다.

"사람입니다!"

배의 중앙에 설치한 높은 망대 위에서 주변을 살피던 수적이 문득 소리를 쳤다.

"어디냐?"

흑두룡이 되물었다.

"비곡채 우측 절벽 위에 있습니다."

수적의 말에 흑두룡과 이괄의 시선이 동시에 절벽 위로 향했다. 그러자 과연 그곳에 초립을 쓴 한 명의 흑의인이 오연한 모습으로 흑룡채의 배를 바라보고 있었다.

"저놈인가?"

흑두룡이 확인하듯 이괄에게 물었다. 그러자 이괄이 눈을 가늘게 뜨고 절벽 위 초립인을 살피더니 얼른 고개를 끄떡였다.

"맞습니다. 바로 그잡니다!"

이괄이 살기를 드러내며 대답했다.

"흐흠… 아주 그럴싸한데? 제법 강호의 신비고수 같은 분위기를 만들어내는군."

흑두룡이 흥미로운 표정으로 중얼거렸다.

"정말 위험한 잡니다."

"걱정 말게. 방심하지 않을 테니. 구룡은 놈을 상대할 준비를 해라."

흑두룡이 뒤를 돌아보며 말했다. 그러자 선실에서 아홉 명의 수적이 동시에 모습을 드러냈다.

그런데 그들의 기도가 심상치 않았다. 여타의 수적들과는 전혀 다른 기도의 인물들, 수적이라고 칭하기에는 뭔가 아까운 자들이었다. 외려 강호대파의 고수들이라고 불리는 것이 더 어울렸다.

"저자다!"

선실을 나온 아홉 명의 수적을 보며 흑두룡이 말했다. 사실 이 아홉 명의 수적이야말로 흑두룡의 전 재산이랄 수 있는 사람들이었다.

흑두룡이 장강의 수적들을 일통할 수 있었던 것은 바로 이들 아홉 명의 고수, 흑룡채에서 구룡이라 부르는 자들 덕분이었다.

이들은 각자가 수적으로는 과분한 무공을 지니고 있었다. 일설에는 이들의 무공이 북두회 칠가의 절대고수들에 버금간다고까지 평가하고 있을 정도였다.

구룡의 시선이 흑두룡의 손을 따라 절벽 위로 향했다.

"어때, 해볼 만하겠어?"

흑두룡이 구룡에게 물었다.

"맡겨주십시오."

구룡 중 가장 연장자로 보이는 오십 대 중반의 사내가 대답했다.

"조심해. 단신으로 비곡채를 불살라 버린 놈이야."

"걱정 마십시오."

"하긴 자네들이라면 북두회의 우두머리들도 사냥할 수 있을 테니까."

"절벽 위로 오르겠습니다. 배를 대주십시오."

"흐흠, 그럴까? 배를 절벽에 붙여라!"

흑두룡이 명을 내렸다. 그러자 수적들을 태운 배가 위태로운 절벽으로 다가갔다.

"수적답게 노질이 뛰어나군요."

적풍의 뒤쪽에서 쿠샨이 말했다. 그는 적풍과 며칠을 머문 천막 앞에 있었는데 절벽에 가려 흑룡채의 배에서는 보이지 않는 위치였다.

"물러나 있으시오. 사람을 올려 보낼 것 같소."

적풍이 쿠샨을 보며 말했다.

"역시 제가 드러나면 안 되겠지요?"

"혼자 움직이는 것으로 알려져야 하니까……."

"알겠습니다."

쿠샨이 대답을 하고는 훌쩍 몸을 날려 절벽 뒤편에 우거진 숲으로 사라졌다.

그사이 절벽에 바싹 붙은 흑룡채의 배에서 흑두룡의 명을 받은 아홉 명의 수적이 갑판을 박차고 날아올라 절벽을 타기 시작했다.

절벽을 오르는 수적들을 보며 적풍이 검을 빼 들었다.

비록 정파의 생사판관 역할을 하기로 했으나 적풍의 본성은 변하지 않았다. 그는 싸움에 임해 유리한 위치를 포기할 사람이 아니었다. 그러니 적이 절벽 위에 오르기를 기다릴 이유가 없는 적풍이다.

쐐액!

청룡도가 허공을 갈랐다. 그러자 가장 먼저 절벽 위로 올라서던 구룡 중 한 명이 다급하게 도를 들어 적풍의 검을 막았다.

쩡!

두 개의 도검이 부딪히는 순간 비곡이 뒤흔들리는 파열음이 일어났다.

"악!"

뒤를 이어 단말마의 비명 소리가 터져 나오더니 절벽 위로 떠올랐던 수적이 채 두어 걸음도 앞으로 나가지 못하고 다시 절벽 아래로 튕겨나갔다.

"어서 오라. 기다리고 있었다!"

적풍이 호기롭게 소리치며 뒤를 이어 절벽 위로 오르는 수적들을 향해 검을 휘두르기 시작했다.

우우웅!

벌 떼 나는 소리가 절벽 위에서 일어났다. 그리고 그 속에서 한 줄기 검광이 번쩍이자 흑룡채가 자랑하는 수적들이 거짓말처럼 갈대같이 흔들거렸다.

기이한 일이었다.

살과 피가 튀는 생사결의 싸움터가 마치 꿈속처럼 보였다. 모두가 현실임을 알고 있지만 정작 보는 사람의 눈에는 그 장면들이 꿈처럼 느껴졌다.

허공을 이삼 장씩 솟구쳐 오르는 초립의 검객, 그는 벌 떼 소리 나는 검을 휘두르며 평소 장강을 공포로 몰아넣었던 흑룡채의 수적들인 구룡의 사이를 광풍처럼 휘저었다.

구룡의 도검은 초립 고수의 옷자락도 건드리지 못했다. 외려 공격을 가한 수적들은 반드시 반격을 받고 쓰러지거나 혹은 절벽 아래로 추락했다.

그런데 그 모든 광경이 살벌하지 않고 꿈처럼 느껴지니 참으로 믿을 수 없는 일이었다.

"제길……!"

절벽 위 싸움을 지켜보고 있던 흑룡채주 흑두룡의 입에서 나직한 욕설이 흘러나왔다.

장내 제일 고수인 그가 드디어 현실을 깨달은 것이다. 참혹한 싸움이 꿈결처럼 느껴지는 이유는 너무도 간극이 큰 무공의 차이 때문이었다.

초립이 고수와 흑룡채 구룡 사이에는 넘을 수 없는, 싸움의 긴장감이 형성될 수 없는 무공의 차이가 존재했던 것이다.

그래서 장내를 완벽하게 장악한 초립 고수의 움직임이 꿈속에서 거니는 것처럼 여유 있고 아름답게 느껴지기까지 했던 것이다.

그 사실을 깨달은 흑두룡의 입에서 욕설이 나오지 않을 수 없는 상황이었다.

"악!"

다시 한마디 비명 소리가 들렸다.

흑두룡이 정신을 차리고 바라보니 또다시 구룡 중 한 명이 절벽 위에서 강으로 떨어지고 있었다.

첨벙!

수적을 받아들인 강물이 크게 물보라를 일으켰다. 그리고 연이어 그 물보라 위로 다시 두 명의 수적이 떨어졌다.

그런데 그들은 초립 고수의 검을 맞고 떨어진 것이 아니었다. 그들은 스스로 절벽 위에서 몸을 날렸다. 초립 고수의 검을 더 이상 견딜 수 없다고 판단한 자들이 살기 위한 마지막 몸부림으로 스스로 몸을 날리는 결정을 한 것이다.

　푸우푸우!

　강에 뛰어든 두 명의 수적이 물을 뱉어내며 급히 흑룡채의 배에 올랐다. 그러고는 물에 빠진 생쥐 모양을 한 채 흑두룡 앞에 부복했다.

　"채주! 도저히 우리가 감당할 자가 아닙니다."

　도주한 것에 대한 변명이 아니었다. 수적들의 얼굴에는 진정한 두려움이 드러나 있었다.

　"나도 안다. 제길… 돌아가자!"

　흑두룡의 선택은 빨랐다. 구룡을 단신으로 상대하는 자라면 그 자신도 감당할 수 없는 자다. 그런 자와 싸워봐야 자신만 손해. 혼류강 본채로 돌아가 다른 방책을 강구하는 것이 나았다.

　"배를 돌려! 서둘러라!"

　누가 먼저랄 것도 없이 배 위의 수적들이 소리쳤다. 그들은 이미 꿈에서 깨어 있었다. 꿈을 깬 자리에 두려움이 찾아들었다. 그들은 절벽 위 고수로부터 조금이라도 빨리 멀어지고 싶었다.

　흑룡채의 배가 급하게 절벽에서 멀어지기 시작했다. 그런데 그때였다. 갑자기 절벽 위의 초립 고수가 허공으로 몸을 날렸다.

적풍은 흑룡채주 흑두룡을 살려 돌려보낼 생각이 없었다. 귓가로 차가운 바람이 날카로운 소리를 내며 스쳐 지나갔다. 그 순간 적풍이 한 발로 다른 발 등을 찼다.

탁!

적풍의 몸이 허공에서 훌쩍 위로 솟구쳤다. 그 덕에 그와 배의 거리가 단번에 좁혀졌다.

"놈을 쏴!"

배 위에서 날카로운 흑두룡의 목소리가 들렸다.

뒤를 이어 적풍을 향해 화살들이 날아들었다. 적풍이 허공에서 몸을 틀었다.

휘류룡!

그의 몸을 따라 강바람들도 소용돌이를 일으키며 좀 더 맹렬한 파공음을 만들어냈다.

따다당!

몸과 함께 회전하는 청룡검이 닥쳐드는 화살들을 갈대처럼 꺾어버렸다.

그리고 다음 순간 적풍이 몸을 회전시킨 채 무서운 속도로 흑룡채의 배를 향해 떨어져 내렸다.

쿠웅!

적풍의 발이 배의 갑판에 닿는 순간 무거운 파열음이 터져나오면서 갑판이 부서져 나갔다.

쩌저적!

배의 중심을 좌우로 가르며 길게 쪼개진 갑판은 마치 배가 곧 두 동강 날 것 같은 광경을 만들어냈다. 그러나 흑룡채의 배는 워낙 단단해서 갑판이 조각날지언정 그 하부는 든든하게 배를 받치고 있었다.

배 아래에서 노를 젓던 자들이 부서진 천장에 놀라 하늘을 향해 뚫린 구멍을 통해 위를 올려다봤다.

그들 중 대부분은 발목에 쇠갑이 채워져 있었는데 아마도 수적질로 잡아들인 사람들을 노꾼으로 쓰는 모양이었다.

"네… 네놈은 대체 누구냐?"

단지 배 위에 내려서는 것만으로 배를 반파해 버린 적풍을 노려보며 흑두룡이 물었다.

"들었을 텐데?"

"천무객이란 별호 말고 네놈의 정체를 말하라!"

흑두룡이 다시 물었다.

"싫다면 어쩌겠나?"

적풍이 부서진 갑판에서 발을 빼내며 물었다. 그러자 일순 흑두룡의 말문이 막혔다.

사실 적풍이 그의 물음에 답을 하지 않는다 해도 딱히 그가 대응할 방법이 없었다. 더군다나 흑룡채의 수적들은 이미 전의를 상실해 여차하면 물속으로 뛰어들어 도망갈 궁리들을 하고 있었다.

수적들에게 충성심이란 것을 기대할 수 없다는 것은 흑두룡 자신이 가장 잘 알고 있었다. 힘이 없는 두목은 버리는 것은 수적이든 산적이든 혹은 마적이든, 도적들의 자연스런 본성이었다.

"원… 원하는 게 뭐냐?"

흑두룡이 다른 질문을 던졌다. 더 이상 적풍의 정체는 중요치 않았다. 줄 것은 주고 목숨을 살리면 족했다.

"지왕종문의 출현으로 강호가 크게 어지러워졌다. 사마의 무리가 날뛰고 그대와 같은 수적과 도적들까지 부화뇌동해 강호의 정기를 해치고 있으니 무(武)를 수련하고 협의지도를 따르는 무인으로서 어찌 두고만 볼 수 있겠는가? 그대를 베어 강호에 정의가 살아 있음을 알리고, 사마의 무리에게 경고함이 나의 목적이다."

적풍이 추상같은 기도로 장황한 말을 늘어놓았다. 어찌 보면 세상 이치 모르는 강호초출의 앳된 호기 같은 소리다. 그러나 또한 이미 적풍의 무공을 보았기에 흑두룡이나 흑룡채의 수적들은 감히 비웃을 수도 없었다.

"기어이 날 죽이겠단 말인가?"

흑두룡이 물었다.

"그대 한목숨 살려주는 것이 뭐가 어렵겠는가? 그러나 세상의 사마외도에게 경고를 하려면 그대의 목숨이 필요하다. 평생 악업을 쌓아온 그대가 마지막으로 세상에 좋은 일을 하고 간다고 생각하면 그리 억울하지는 않을 듯하군."

한차례 훈계를 마친 적풍이 더 이상 시간 끌 생각이 없다는 듯 청룡검을 들고 흑두룡을 향해 다가왔다.

그러자 흑두룡이 훌쩍 뒤로 물러나며 소리쳤다.

"뭣들 하느냐? 놈을 쳐라!"

그러나 흑두룡의 기대와 달리 흑룡채의 수적 중 적풍을 공격하는 자는 없었다. 모두가 도검을 꺼내 들고 서로 눈치만 볼뿐 먼저 나서려는 자는 아무도 없었다.

그러자 이번에는 적풍이 차갑게 경고했다.

"흑룡채주의 목을 벨 때까지 이 배에 남아 있는 자가 있다면 그자 또한 벨 것이다!"

적풍의 경고에 수적들의 표정이 크게 변했다. 당장 살길이 열렸다는 반가움과 흑두룡을 배신해야 한다는 망설임이 사람들을 갈등하게 만들었다.

"모두 덤벼! 놈은 혼자다!"

흑두룡이 망설이는 수적들을 재촉했다. 그러나 수적들은 혼자인 이 초립의 무사가 흑룡채가 자랑하는 구룡을 홀로 상대해 이겼다는 사실을 잊지 않고 있었다.

"미안하오, 채주!"

수적 중 한 명이 큰 소리로 용서를 빌고는 배에서 뛰어내렸다. 그러자 눈치를 보고 있던 수적들이 앞다퉈 배를 버리기 시작했다.

삽시간에 배가 비었다. 배에 타고 있는 자라고는 적풍과 흑룡채주 흑두룡, 그리고 비곡채주 이괄이 전부였다.

물론 발에 쇠갑이 채워진 노꾼들이 배 아래 있기는 했지만 그들은 흑룡채주가 죽으면 외려 기뻐할 사람들이었다. 그러니 이제 흑두룡 곁에는 오직 한 명, 이괄만이 남은 셈이었다.

"비참한 일이군. 그대의 곁에 남은 사람이 없다니……."

적풍이 동정하듯 말했다.

"이… 이놈들이……!"

자신을 버린 수적들에 대한 분노를 참지 못하고 흑두룡이 부들부들 몸을 떨었다.

그런 흑두룡을 향해 적풍이 검을 겨눴다.

"장강의 지배자를 자처했다니 그 이름에 어울리게 죽길 바란다. 도를 들어라!"

적풍의 말에 흑두룡이 잠시 망설이다가 적풍을 노려보며 도를 들어 올렸다.

"오냐, 이놈. 누가 살고 누가 죽나 어디 해보자!"

"좋아. 과연 장강의 제왕답군. 깨끗하게 보내주겠다!"

적풍이 흑두룡을 향해 날아들며 청룡검을 치켜들었다. 순간 흑두룡이 예상치 못한 행동을 했다. 갑자기 적풍을 향해 들고 있던 도를 던져 버린 것이다.

쐐액!

흑두룡의 도가 적풍의 심장을 파고들었다. 적풍이 흑두룡을 향하던 검을 틀어 그가 던진 도를 쳐냈다.

캉!

적풍의 검에 막힌 흑두룡의 도가 방향을 틀며 갑판에 꽂혔다.

"이놈 두고 보자!"

어느새 흑두룡이 배에서 뛰어내리며 악을 쓰듯 외쳤다. 수적답게 흑두룡은 도주를 택한 것이다.

순간 적풍이 갑판에 꽂힌 흑두룡의 도(刀)를 뽑아 그대로 흑두룡을 향해 던졌다.

쐐액!

적풍이 던진 흑두룡의 도가 빛처럼 허공을 갈랐다. 그리고 반쯤 몸이 물속으로 들어간 흑두룡의 등을 그대로 꿰뚫었다.

"악!"

물속에 빠진 흑두룡의 입에서 비명이 터져 나왔다. 동시에 그 주변의 강물이 붉게 물들더니 급기야 등에 자신의 도가 꽂은 흑두룡의 시신이 강물 위로 떠올랐다.

"나… 난!"

흑두룡의 도(刀)로 그를 죽인 적풍의 시선이 자신을 향하자 이괄이 주춤거리며 뒤로 물러났다. 너무 겁을 먹어 도검을 들 생각조차 하지 못하는 이괄이다. 그런 이괄을 보며 적풍이 말했다.

"그댄 정말 운이 좋군. 이번에도 말을 전할 사람이 필요하니까. 흑룡채로 가라. 가서 비곡채와 마찬가지로 수채를 비우라고 하라. 수채를 지키는 자는 나 천무객이 용서치 않을 것이다!"

제2장
초립 천무객

거미줄처럼 엉켜 있는 수로를 뚫고 두 척의 배가 빠르게 장강으로 흘러나왔다. 그러고는 돛을 올린 뒤 북서풍을 타고 순식간에 혼류강 하류를 벗어났다.

"이젠 거의 막바지인 듯합니다. 오늘은 겨우 저 두 척이군요."

쿠샨이 혼류강이 내려다보이는 산 중턱에서 고개를 빼 들고 장강으로 흘러 들어가는 배들을 보며 말했다.

"완전히 와해된 것이라고 보오?"

"그렇지는 않습니다."

적풍의 물음에 쿠샨이 고개를 저었다.

"남아 있는 자들이 있을 거란 말이구려."

"가장 중요한 사람이 나오지 않았으니까요."

"누구요?"

적풍이 물었다.

"흑두룡과 구룡이 없는 상태에서 흑룡채의 가장 중요한 사람은 흑두룡의 안사람입니다."

"이괄의 누이라는?"

"그렇습니다."

"여인의 힘으로 무슨 일을 할 수 있겠소. 더군다나 흑룡채의 수적들이 거의 다 떠났는데……."

"그녀는 무시할 수 없는 인물인 듯하더군요."

"그렇소?"

되묻기는 했지만 적풍은 별 관심이 없는 듯 보였다. 아무래 과단한 여인이라도 여인은 여인일 뿐이라는 생각인 모양이었다.

"오늘날, 물론 성주께서 흑두룡을 베기 전까지의 말입니다만, 흑룡채의 성세를 이끈 것은 흑두룡만의 힘이 아니었다고 하더군요. 그 공의 절반은 흑두룡의 아내에게 있다는 평이 대부분이었습니다."

"그렇소? 참 기이한 일이군. 수채의 안주인이 그런 평가를 받다니……."

"똑똑한 여인인 것 같습니다. 흑룡채가 성장하는 데 필요한 모든 계책은 그녀의 머리에서 나왔다고 합니다. 그러니 그녀가 건재한 이상 흑룡채도 완전히 무너지지는 않겠지요."

"음… 작은 세력으로라도 남아 있을 것이다?"

"그렇습니다. 당장 흑룡채의 움직임만 보아도 그녀의 뛰어난 판단력을 알 수 있지 않습니까? 그녀는 성주님을 추격하는 대신 흑룡채의 몸집을 줄여서라도 생존하는 길을 택했습니다. 우두머리가 죽었는데 떠나는 자들 역시 큰 분란 없이 조용히 떠났습니다. 보통의 수채에선 있을 수 없는 일이지요. 채주의 자리를 두고 큰 싸움이 일어나는 것이 보통이니까요."

"음… 수적들을 조용히 떠나보낸 것 역시 그녀의 능력이란 말이구려."

"그렇습니다."

쿠샨의 말에 적풍이 고개를 끄떡였다. 확실히 쉬운 일이 아니다. 혼란스러워야 할 흑룡채가 이렇게 조용히 세를 줄이는 것은 생각해 보면 뛰어난 지모를 지닌 자가 없다면 불가능한 일이었다.

"어찌하겠습니까? 흑룡채로 가서 끝을 보시겠습니까?"

쿠샨이 물었다. 그러자 적풍이 고개를 저었다.

"됐소. 가족을 절단 낼 필요는 없지. 흑두룡을 베고 흑룡채를 와해시키는 것으로 족하오."

"저도 같은 생각입니다. 이 정도로도 지왕종문에 좋은 인사가 되었을 겁니다."

"다음은 어디요?"

적풍이 쿠샨에게 물었다.

"귀도문이 어떨까 합니다."

"귀도문?"

"그렇습니다. 감숙 남쪽에 있는 문파인데 지왕종문이 있는 대혈산을 중심으로 보자면 서남쪽에 있는 문파지요."

"음… 저들을 움직이려면 일정한 방향으로 움직이는 것이 좋을 것이오."

"다음번에는 산서로 갈 겁니다. 그곳에 적룡마가와 백인살문이 있는데 둘 모두 지왕종문을 따르는 무리 중 가장 독한 자들이 있는 곳이지요. 그중 하나를 상대하시면 됩니다. 그렇게 지왕종문을 중심으로 정방향으로 원을 그리며 움직이시면 결국 두 가지 이득을 보시게 될 겁니다."

"하나는 저들이 내 행보를 예측할 수 있으니 그리로 사람을 보낼 수 있을 거란 것이고… 다음은?"

"직선으로 움직이는 것보다는 적어도 두어 개의 목표를 더 염두에 두어야 한다는 것이지요. 성주께서 향하시는 방향의 폭이 좀 더 넓다고 할까요."

"좀 더 오래 끌어낼 수 있을 거란 말이구려."

"맞습니다."

"좋소. 섬서로 갑시다."

"알겠습니다. 귀도문에 대해선 가는 동안 좀 더 자세히 알아보겠습니다."

쿠샨의 대답에 적풍이 고개를 끄떡여 대답을 대신했다.

*　　　　*　　　　*

알싸한 약향이 석실을 가득 메우고 있었다. 그렇다고 연무가 일어나는 것은 아니어서 숨을 쉬기에 어려움은 없었다.

더군다나 석실 위로 뚫려 있는 환기구를 통해 밖의 공기가 끊임없이 들어오고 있어서 사실 석실은 그 어느 장소보다도 쾌적했다. 애초에는 지열이 강한 곳인 듯한데, 청옥의 관들이 놓여 있어서인지 서늘한 기분이 드는 곳이기도 했다.

설루의 눈은 유취려의 손끝에 머물러 있었다. 유취려는 하루에 세 번 청옥관을 열어 그곳에 누워 있는 기괴한 자들에게 시침했다.

벌써 백 일째다. 가끔 지루함을 느끼는 천의비문의 의원들에게 유취려가 하는 말은 언제나 같았다.

"의원은 엉덩이가 무거워야 한다. 사실 사람의 의술이 병을 고치는 데는 한계가 있다. 의술은 그저 거들 뿐 병을 이겨내는 것은 사람의 몸과 마음이다. 그러니 우리 의원들은 그 병자가 자신의 의지와 하늘로부터 받은 생명력으로 기력을 회복하고 병을 물리치는 것을 도우면서 기다리면 그뿐인 것이다. 의원이 조급하면 실수를 하게 되고 병자는 결국 병마에서 헤어나지 못하게 된다."

천의비문의 의원들은 그런 유취려의 가르침에 힘을 내어 감금된 생활을 견뎌냈다.

비문의 의원들이 지루함을 견딜 수 있는 또 하나의 이유는 의술에 대한 그들의 성취였다. 괴인들을 치료하면서 자연스레 접하게 되는 유취려의 의술은 그들에게 큰 공부가 되고 있었다.

유취려는 천의비문의 전대 의원을 대표하는 사람으로 신의 소리를 듣는 명의였다. 그런 사람의 가르침은 한순간이라도 소홀히 할 수 없는 귀중한 것이었다.

유취려의 가르침을 받고 이곳에서 무사히 벗어날 수만 있다면 차후 다음 대 비문의 의선에 도전할 수도 있을 터였다. 그런 희망이 절망 속에서도 천의비문의 의원들을 지탱해 주고 있었다.

설루 역시 마찬가지였다. 오랫동안 유취려를 따르며 배워온 비문의 의술이 결코 가볍지 않았지만, 지왕종문에 들어온 이후 보여주는 유취려의 의술은 지금까지 그녀가 알고 있던 비문의 의술과는 격이 다른 것들이었다.

왜 천의비문이 죽은 사람을 살려내는 의술을 가졌다고 하는지 그 이유를 여실히 깨닫게 해주는 유취려의 의술이었다.

"나쁘지 않구나."

문득 유취려의 입이 열렸다. 두 개의 관 뚜껑을 한 번에 연후에 한 말이다.

한쪽의 관에는 백옥처럼 흰 피부의 청년이 누워 있었다. 그 청년은 다른 관에 들어 있는 사람들과는 무척 다른 모습을 하고 있었다.

다른 관에 누워 있는 자들은 생김새도 그렇거니와 몸에 난 상처들 역시 소름 끼칠 정도로 괴상했지만 청년만은 그렇지 않왔다. 태어나서 단 한 번도 험한 일을 해본 것 같지 않은 청년의 몸은 그야말로 어머니의 배 속에서 태어날 때의 그 피부를 그대로 간직한 듯 보였다.

그리고 그 옆의 관에 누워 있는 사람 역시 청년만큼이나 특별했다.

아니, 외려 가장 평범해서 가장 특별해 보인다는 말이 옳을 것이다. 그는 석실에 누워 있는 아홉 명의 사람 중 가장 보통 사람과 비슷한 체구와 얼굴을 하고 있었다.

청년조차도 사람 같지 않은 백옥의 피부를 지니고 있어서 이질적인 느낌이 드는 반면, 이 오십 대 중반으로 보이는 사내의 모습은 세간에서 흔히 볼 수 있는 평범한 학사의 모습 그대로였던 것이다.

유취려의 눈은 그중 평범한 모습의 오십 대 중년 사내에게 머물러 있었다.

"차도가 있습니까?"

천의비문의 의원 중 유온이 급히 물었다.

"아마도 이자는 곧 깨어날 것이다."

유취려가 대답했다.

"다른 사람들과 다른가요?"

이번에는 설루가 물었다. 그러자 유취려가 고개를 끄떡였다.

"다른 사람들은 심맥과 혈맥이 크게 상했다. 그러나 이자는 조금 달라. 이자의 병세는 그런 것이 아니라, 단지… 몸이 극도로 쇠약해졌다고나 할까. 조금 다른 의미기는 하지만 어쨌든 기운이 쇠한 것이다."

"그런 것이라면 약을 쓰면 되지 않습니까?"

다시 유온이 물었다.

"그 약을 감당할 기력조차 없었던 거지. 그런 상태에서 함부로 약을 쓰면 약기운이 외려 독이 되어 죽었을 수도 있다. 그런데 참으로 이상한 일이구나."

"뭐가 말입니까?"

유온이 다시 물었다.

"비록 다른 자들에 비해 이자의 병세가 치료하기 쉽기는 하지만 의술에 능통한 자가 아니라면 반드시 함부로 약을 쓰다가 죽이고 말았을 것이다. 그런데 지왕종문에선 이자에게 약을 쓰지 않았어. 그냥 잠들어 있게 놓아두었지. 제대로 치료하지 못할 상황이라면 그게 가장 좋은 방책이긴 한데 누가 그 이치를 알고 있었을까?"

유취려가 고개를 갸웃했다.

"이들 중 의술에 능한 자가 없겠습니까?"

"이자의 상세를 명확히 알고 수면의 처방을 내릴 실력이면 이자를 회복시킬 수도 있었을 것이다. 침과 뜸을 써서 약기운을 버틸 기력을 회복시킬 수 있었을 테니까. 그런데… 왜 치료를 하지 않은 거지?"

유취려의 말에 설루는 물론 천의비문 의원들 얼굴에도 의문이 떠올랐다.

가사 상태에 놓인 자에 대한 의문은 그러나 곧 풀렸다. 왜냐하면 그 당사자가 그 순간 눈을 떴기 때문이었다.

"역시 천의비문의 의술은 고명하군. 소문대로야."

갑작스런 목소리에 천의비문의 의원들이 화들짝 놀라 주춤 뒤로 물러났다. 그러나 유취려는 예상하고 있었다는 듯 고개를 돌려 청옥관 안의 중년 사내를 바라봤다.

"이미 깨어 있었구려."

"그렇소. 그대들 이야기가 재미있어서 듣고 있었지."

"그럼 내 의문에 대한 답도 말해줄 수 있겠구려."

"물론……."

관 속 사내가 고개를 끄떡였다.

"어찌 된 일이오?"

유취려가 물었다.

"나 스스로 내게 시침을 하거나 뜸을 뜰 수는 없었으니까. 그것도 등 뒤쪽은 더더욱 어렵지. 실수했다가는 영영 깨어나지 못할 수도 있는 일이니까. 아니 그렇소?"

"그 말은 당신을 이 상태로 만든 것은 당신 스스로란 말이구려."

"지왕종문의 문도 중엔 이런 고절한 의술을 사용할 수 있는 자가 없지."

사내의 대답에 유취려의 눈이 가늘어졌다. 사내의 말투에서 이상함을 느꼈기 때문이었다.

"지금 당신 말은 마치 자신은 지왕종문의 문도가 아니라는 것 같구려."

"물론 나 역시 지왕종문의 문도긴 하지. 그러나… 다른 사람들과는 조금 다른 처지랄까?"

"어떻게 다르오?"

유취려가 물었다. 그러자 사내가 의미를 알 수 없는 서늘한 미소를 지으며 말했다.

"의원치고 궁금한 게 너무 많은 것 아니오?"

"말해줄 수 없다는 뜻이구려."

"대화가 되니 좋군. 지왕종문의 문도들은 이해시키기가 참 어려웠는데……."

사내가 빙그레 미소를 지었다. 순간 유취려는 사내의 웃음에서 오싹한 기운을 느꼈다. 그건 독사를 보았을 때의 본능적인 거부감 같은 것이었다.

'믿을 사람이 못 돼!'

유취려가 느낀 감정을 설루 역시 고스란히 느끼고 있었다. 설루는 사내를 보는 것만으로도 소름이 끼쳤다.

"사람을 불러오겠소."

유취려가 더 이상 사내와 할 말이 없다 생각하고 굽혔던 허리를 폈다. 그런데 갑자기 사내가 유취려를 만류했다.

"잠깐 기다리시오."

사내의 말에 유취려가 시선을 사내에게 돌렸다.

"왜 그러시오?"

"내게 하루만 시간을 주시오."

"그게 무슨 소리요? 시간을 달라니……."

"내가 깨어난 것을 염화마군께 하루만 알리지 말아달라는 거요."

사내의 말에 유취려의 눈빛이 깊어졌다. 사내의 행동은 전혀 예상치 못한 것이라 유취려나 천의비문의 의원들도 당황스러울 수밖에 없었다.

"이유가 뭐요?"

유취려가 물었다.

"잠시 쉬고 싶어서 그렇소."

사내가 점점 알 수 없는 소리를 해댔다.

"쉬고 싶다니 그게 무슨 소리요?"

유취려가 정색을 하며 물었다.

이 사내는 정말 지왕종문, 아니, 염화마군 철륵과 심상찮은 거리가 있는 듯 보였다. 그렇다면, 약간의 틈을 만들 수 있다면, 그녀와 천의비문의 문도들이 살아 나갈 방도를 달리 찾아볼 수도 있을 거란 생각이 들었다.

"말 그대로요. 좀 쉬고 싶어서 그렇소. 내가 깨어난 것을 알면… 염화마군은 바로 오늘부터 내게 일을 맡길 거요. 그러니 내게 하루만 시간을 주시오."

"잠이라면 지금까지 푹 자지 않았소?"

유취려가 물었다.

"제정신으로 쉬고 싶어서 그렇소. 이해할지 모르겠지만 나와 같은 사람은… 몸뿐 아니라 머리도 쉬어야 힘을 내오. 그간 가사 상태에 빠져 있어서 몸은 푹 쉬었지만 머리는 외려 먹먹해진 것 같구려. 뭐… 어려운 일도 아니잖소?"

사내가 한 줄기 미소와 함께 되물었다. 역시 뱀 같은 자라고 생각하며 유취려가 다시 물었다.

"당신 정체가 뭐요?"

대답하지 않으면 그의 요구를 들어줄 수 없다는 표정이다.

"글쎄… 뭐랄까. 사문의 배신자라는 말이 어울릴까? 그런데 아무래도 그건 나중에 말해줘야 할 것 같소. 일단 내게 시간을 주면 나중에 그대들에게 반드시 값을 치르겠소."

이때만큼은 사내의 얼굴에 드리운 깊은 수심이 거짓이 아님을 유취려는 느낄 수 있었다.

"좋소. 개인적인 사연을 털어놓기에 좋은 때는 아니지. 그런데 이름은 압시다."

"난… 모악이라 하오."

"사문이 어디요?"

"후후… 말했잖소. 지금 말하기 곤란하다고."

사내 모악이 웃으며 대답했다. 그러자 유취려가 고개를 끄떡인 후 청색 환단 한 알을 사내의 입에 가져가며 말했다.

"드시오. 머리가 맑아지고 몸에 힘이 생길 거요."

"고맙소!"

사내가 망설이지 않고 유취려의 손에 들린 환약을 누운 채 입으로 받아 삼켰다.

"의심 없이 쉬려면 관 뚜껑을 닫아야 하오. 괜찮겠소?"

"조용하니 오히려 좋을 거요."

사내가 대답했다. 그러자 유취려가 고개를 끄떡이고는 청색 옥관의 뚜껑을 닫으려는데 사내가 급히 물었다.

"잠깐. 저 사람은 언제 깨어날 것 같소?"

사내의 시선이 다른 관에 누워 있는 미청년에게로 향했다.

"그는… 조금 더 걸릴 것이오. 대략 한 달 정도?"

유취려가 대답했다.

"부탁 하나 더 합시다."

사내가 다시 말했다.

"또 뭐요?"

"그를 석 달 안에는 깨우지 말아주시오."

역시나 예상치 못한 요구다. 사내의 말에 유취려가 깊게 한숨을 쉬며 중얼거렸다.

"당신은 참 어려운 사람이구려."

그렇게 말할 수밖에 없었다. 그의 요구는 지왕종문에 붙잡혀 와 염화마군의 사람들을 치료하고 있는 유취려와 천의비문 의원들에게는 지나치게 위험한 것이었다. 더군다나 그들은 오늘 처음 말을 섞은 사이가 아닌가.

이런 부탁을 하려면 적어도 큰 고난을 함께 넘기거나 아니면 오랜 친분이 있어야 했다. 그런데 이 모악이란 자는 처음 만난 유취려에게 그녀의 목숨이 위험할 수도 있는 부탁을 서슴없이 하고 있었다.

"당신들에게도 이득이 되는 일일 거요."

모악이 다시 말했다.

"어째서 말이오?"

유취려가 물었다.

"혹시 알고 있는지 모르겠는데… 으음… 이 환약은 제법 기운이 강하구려."

말을 하다 말고 모악이 인상을 찡그렸다.

"걱정 마시오. 당신의 몸은 이제 충분히 정심환의 약효를 견뎌낼 수 있을 만큼 회복되었으니까."

"물론 약기운을 버티지 못한단 말은 아니오. 단지 조금 괴롭다는 것이지."

"그 괴로움이 끝나면 당신은 관 속에서 일어나 멀쩡하게 걸어 다닐 수 있을 것이오."

"후후, 즐거운 일이지."

모악이 나직하게 웃음을 흘렸다.

"하던 얘기나 계속해 보시오. 왜 그를 석 달 후에 깨워야 하오?"

"그가 누군지 아시오? 염화마군이 혹시 말해주었소?"

"그에게 아주 중요한 사람이라고만 알고 있소."

"맞는 말이오. 정확히 말하면 염화마군의 작은 주인 정도 되오. 물론 깨어나는 순간 큰 주인이 되겠지만……."

모악의 말에 유취려는 물론 석실에 있던 모든 사람이 놀랐다. 물론 염화마군 철륵이 청옥관 속의 청년에 대해 각별하게 신경 쓰는 것은 알고 있었지만, 설마 그가 염화마군의 주인이 될 사람이라고는 생각지도 못했던 것이다.

"대체 그가 누구기에……?"

유취려의 시선이 자연스럽게 백옥의 피부를 자랑하는 관 속 청년에게로 향했다.

"지왕종문이란 이름이 무엇에서 유래했는지 아시오?"

"……?"

유취려가 대답 대신 눈빛으로 사내 모악의 말을 재촉했다. 지왕종문의 유래야말로 강호제일비사 중 하나였다.

"지왕종문을 말대로 해석하면 지왕(地王)을 따르는 문파란 뜻이 되오. 정확하게는 신화지(神火地)의 왕이란 말인데… 아무튼, 그는 바로 그 지왕의 아들이오. 정확히는 전대 지왕의 아들이고, 이제 깨어나면 스스로 지왕이 될 사람이지. 염화마군은 지왕의 수하였던 사람이오."

"대체 언제부터 그런 문파가 존재했소? 난 적지 않은 세월 강호를 떠돌았지만 신화지의 왕이란 존재를 들어본 적이 없소."

"후후후, 사람이 어찌 세상 모든 사람과 문파에 대해 알 수 있겠소. 그저 신비지맥(神秘之脈)의 한 줄기라고 해둡시다. 자세한 것은… 아주 훗날 혹시라도 우리의 인연이 깊어지면 좀 더 자세히 알게 될 것이오."

모악이 지왕종문에 대한 이야기를 그쯤에서 잘랐다. 유취려의 호기심은 처음보다 훨씬 커졌으나 더 이상 모악이란 자가 입을 열지 않을 것임을 알기에 더는 묻지 않았다.

대신 유취려가 아주 현실적인 문제를 입에 올렸다.

"그를 늦게 깨우려는 이유는 뭐요?"

"사실 그는 보기와 무척 다른 사람이오."

"그게 무슨 말이오?"

"보기에는 병약하고 연약해 보이지만, 사실 그는… 염화마군조차도 공포를 느낄 만큼 두렵고 괴팍한 존재란 뜻이오. 그가 당장 깨어나면 그대들의 생사 역시 그의 손에 달리게 될 터인데… 내 생각에 절대 살아서는 지왕종문을 떠나지 못할 것이오. 물론, 염화마군이 그리하겠다고 약속했겠지만 말이오. 맞소?"

모악의 물음에 유취려가 눈살을 찌푸리며 대답했다.

"맞소."

"염화마군은 포악하기는 해도 믿을 만한 사람이지. 적어도 약속은 지키니까. 그러나 그는 다르오. 수하가 한 약속을 따위 언제든 번복할 수 있는 사람이오. 그는… 자신이 원하는 것은 모두 가져야 하는 사람이오. 그리고 천의비문의 의원은 그에게 무척 필요한 존재지."

모악이 유취려를 바라보며 말했다. 마치 자신이 패를 보였으니 어쩔 것이냐고 묻는 듯했다.

유취려는 모악이 청옥관 속 청년에 대해 과장해서 말한다고는 생각하지 않았다. 그의 말을 믿을 수 있을 것 같았다. 그러나 여전히 한 가지 의문이 든다.

"당신에게 세 달의 시간을 주면 당신은 그 시간 동안 뭘 할 수 있소? 그를 죽이기라도 하겠소? 아니면 그의 성격을 바꿀 수 있소?"

그러자 놀랍게도 모악은 유취려의 말에 수긍했다.

"제일 먼저 그 기회를 노려볼 거요. 쉽지는 않겠지만……."

"불가(不可)! 그가 죽는다면 우리도 죽소."

염화마군의 성정상 그의 주군이랄 수 있는 청년이 죽는다면 천의비문의 의원들 역시 죽음을 면치 못할 것이다.

"그대들에게 피해가 가지 않게 그를 죽이기만 하면 되는 것 아니오? 그래서 석 달 정도 필요하단 거요."

"그래도 너무 위험하오. 그건 내가 동의할 수 없소. 차선의 계책도 있소?"

"그를 내가 통제할 수 있게 된다면 그대들은 더 이상 염화마군도 그도 두려워할 필요가 없을 거요."

"어떻게 그를 통제한다는 거요?"

"그가 염화마군이 아니라 내 말을 신뢰하게 만들면 되오. 그리고 사실… 그는 그럴 것이오. 내게 시간만 있다면……."

모악의 눈빛이 영활하게 빛나고 있었다. 유취려는 그런 모악에게서 갑자기 두려움을 느꼈다. 어쩌면 염화마군이나 청년보다도 이자, 모악이라는 이 기이한 자가 더 두려운 존재일 수도 있다는 생각이 들었다.

"당신을 어떻게 믿소? 차라리… 지금 염화마군을 만나는 것이 좋겠구려."

유취려가 모악에게서 시선을 떼고 허리를 폈다. 그러자 모악이 급히 유취려를 불렀다.

"잠깐, 잠깐. 성급하게 결정하지 마시오. 내 말을 더 들어보시오."

그러자 유취려가 고개를 저었다.

"아니, 그대와 같은 자는 입이 곧 검이요 암기요. 계속해서 말을 섞다 보면 어느새 그대의 계책이 내 심장을 찌를 거요. 그러니 이쯤에서 대화를 끝냅시다."

"젠장… 분명히 경고하겠소. 그를 대책 없이 깨운다면 그대들은 평생 그의 노예로 살아야 할 거요. 그의 노예로 산다는 것이 어떤 의미인지… 그대들은 상상도 하지 못할 것이오. 난 분명히 경고했소. 당신의 저 아름다운 제자 또한 그의 노리개가 되고 말 거요."

모악이 저주하듯 말했다. 그의 손이 유취려의 뒤에 서 있는 설루를 가리키고 있었다.

그러자 유취려가 감히 걸음을 옮기지 못했다. 모악의 경고가 너무 강렬해서 마치 저주처럼 들렸기 때문이었다.

그녀의 입장에서 모악은 음흉하고 두려운 자였다. 그의 세 치 혀에 놀아나다가는 종국에는 이용만 당하고 죽을 수도 있다는 생각이 들 정도였다.

그런데 그런 자조차도 두려워하는 청년의 무서움이란 뭐란 말인가. 더군다나 모악의 두려움은 거의 본능적인 것처럼 보였다.

모악과 같은 자가 본능적으로 두려움을 갖는 인물이라면 정말 무림사에 몇 안 되는 절대악의 마두들과 비견될 수 있었다.

그런 자를 깨워 강호에 내보낸다는 것이 과연 옳은 선택인지 알 수 없었다. 그것이 비록 자신들의 목숨과 연관되어 있다고 해도 말이다.

"시간이 필요한 건 그대만이 아닌 것 같군."

유취려가 중얼거렸다.

"하하, 잘 생각했소."

잠깐의 시간을 얻었다는 것을 알아챈 모악이 웃음을 지었다. 그 득의한 웃음이 또한 소름 끼치게 껄끄러운 유취려였다.

"당신은 좀 더 자도록 하시오."

"그게 무슨……?"

모악이 유취려의 말에 당황해 무슨 말인가를 하려는 순간 유취려의 손에서 은침이 떠났다.

팟!

허공을 날아간 은침이 모악의 정수리에 박혔다. 그러자 모악이 죽은 듯이 정신을 잃었다.

"후우……!"

모악을 잠재운 유취려가 길게 한숨을 쉬었다. 모악과 말 상대를 하는 것이 마치 절대고수와 수백 초 겨룬 것처럼 힘겨웠던 것이다.

"사부님!"

설루가 얼른 유취려를 부축했다.

"일단… 일단 거처로 돌아가자. 가서 고민을 좀 해야겠다."

유취려가 설루의 손에 의지한 채 비틀거리며 걸음을 옮겼다.

"너무 위험한 사람 같아요."

천의비문의 의원들의 거처인 석실로 돌아오자마자 설루가 입을 열었다.

"사매의 말이 맞는 것 같습니다."

천의비문의 의원 중 임화가 말했다.

유취려와 함께 지왕종문에 온 천의비문의 의원들은 이제 설루를 천의비문의 사람으로 자연스레 받아들이고 있었다. 그래서 그녀를 부르는 호칭 역시 사매였다.

"나도 알고 있다. 그는 위험한 사람이다. 음흉하고 두려운 눈을 가지고 있어. 그런 자와 인연을 맺으면 항상 뒤끝이 좋지 않지."

유취려가 대답했다.

"하면 그의 제안을 거절하실 겁니까?"

이번엔 비문의 의원 중 연장자인 유온이 물었다.

"네 생각은 어떠냐?"

유취려가 되물었다. 그러자 유온이 잠시 생각에 잠겼다가 말했다.

"그가 두렵고 믿지 못할 인물인 것은 확실하나 그렇다고 그의 말이 모두 거짓은 아닌 것 같습니다. 우리가 깨우려는 그 청년이 보기와 달리 절대마인의 심성을 가진 악독한 자라면… 우린 강호에 큰 죄를 짓게 될 겁니다."

"유온, 너의 정명함은 내가 예전부터 좋아했지."

유취려가 미소를 지었다. 목숨이 걸린 일에도 강호의 안위를 생각하는 유온의 태도가 마음에 드는 모양이었다.

"그럼 사형께선 그 모악이란 자의 말대로 하자는 것인가요?"

설루가 물었다.

"일단은 그게 좋을 것 같구나. 어차피 시간이 필요한 일이니까."

"뱀 같은 자였어요."

설루가 흠칫 몸을 떨었다. 다시 행각해도 모악의 그 차갑고 냉혈한 눈이 두려운 모양이었다.

"그의 말대로 하더라도 방책을 강구하고 해야 한다."

"어떻게 말인지요?"

유온이 물었다.

그러자 유취려가 망설이다가 품속에서 작은 목함을 꺼냈다.

"그… 그건!"

천의비문의 의원들이 놀란 눈으로 유취려의 손에 들린 목함을 바라봤다. 그 목함은 그들이 비문을 떠나올 때 문주 유천궁이 유취려에게 맡겼던 물건이었다.

"너희도 알다시피 이건 봉황침이다."

"설마 그걸 쓰실 생각이십니까?"

"음……."

유취려가 고개를 끄떡였다.

그러자 유온이 고개를 저으며 말했다.

"봉황침은 한 번 쓰면 그 효용이 없어지는 신침입니다. 한 올의 온기만 있어도 죽은 자를 살려낼 수 있지요. 그건… 최후의 순간 우리 형제들을 위한 구명신침으로 써야 하는 물건 아닙니까? 그걸 대체 누구에게……?"

사실 봉황침은 오직 천의비문의 문주만이 보유하고 그만이 사용할 수 있는 물건이었다.

하나의 신침을 만드는 데는 거의 백 년의 시간이 걸린다. 온갖 약재를 아주 천천히 침에 스며들게 해야 하기 때문에 세월이 만들어주는 신침이기도 했다.

봉황침을 시침하면 백여 년 동안 침에 스며든 영약의 약효가 즉시 환자에게 흘러 들어가 죽은 자도 살릴 수 있는 놀라운 효염을 보이지만, 봉황침에 깃들었던 영약의 기운들이 단번에 소모되므로 더 이상 신침으로서의 기능을 할 수 없게 된다.

그러니 봉황침의 사용은 극히 신중을 기해야 하는 일이었다. 봉황침을 타인에게 사용하면 천의비문의 문도들은 죽음에서 한 번 살아날 기회를 잃는 것이나 마찬가지기 때문이었다.

"봉황침을 그 둘에게 쓰겠다."

"정말 그 귀중한 것을… 설마 그들을 믿으시는 겁니까?"

"아니… 절대 믿지 못한다."

유취려가 말했다.

"그러면 왜……?"

유온이 도저히 이해할 수 없다는 듯 되물었다.

그러자 유취려가 대답을 하는 대신 목함을 열었다. 그러자 그 안에서 금빛으로 번쩍이는 다섯 개의 침이 모습을 드러냈다. 금빛의 화려함이 깃든 신침에는 한편으로 은은한 냉기가 흘러서 화려함을 죽이고 신비로움을 더했다.

천의비문의 문도들이 처음 보는 신침의 모습에 넋을 잃고, 말을 잊었다. 유취려가 이 신침을 석실에 누워 있는 자들에게 사용하겠다는 말조차도 잠시 그들의 머릿속에서 사라진 듯 보였다.

그들이 황홀한 신침의 기운에서 깨어난 것은 유취려가 다시 입을 열었을 때였다.

"다섯 개의 신침 중 네 개를 쓰겠다."

"그게 무슨……?"

유온의 얼굴에 의혹이 가득하다.

미청년과 모악이란 자의 몸을 온전히 회복시키는 데 신침을 쓰겠다면 신침 두 개면 족했다. 네 개를 쓴다는 것은 네 사람을 깨우겠다는 의미인데 그렇게까지 봉황침을 허비하려는 이유를 도저히 이해할 수 없는 유온이었다.

"네 사람을 신침으로 깨우시겠다는 건가요? 사실 시간이 걸려서 그렇지 신침이 아니더라도 나머지 사람들 역시 치료할 수 있잖아요?"

설루도 유취려의 의도를 알지 못해 당황한 표정이 역력했다.

"네 사람에게 쓰겠다는 게 아니다. 두 사람에게 네 개의 신침을 쓰겠다."

"하지만 그… 그러면……?"

유온의 표정이 변했다.

"그럼 어찌 되겠느냐?"

유취려가 되려 유온에게 물었다.

"보통 사람이면 당연히 신침의 기운을 이기지 못하고 죽을 것입니다."

유온이 대답했다.

그러자 유취려가 고개를 끄떡이며 말을 이었다.

"맞다. 보통 사람이라면 두 개의 신침에 깃든 기운을 감당하지 못하지. 하나의 신침은 죽은 자도 살릴 수 있지만 두 개의 신침은 멀쩡한 사람도 죽게 만들 것이다. 그러나 그 두 사람이 죽지는 않을 게다. 무척 특별한 체질들이기도 하거니와… 내가 죽게 내버려 두지는 않을 테니까."

"대체 어쩌시려고요?"

설루가 조급한 표정을 물었다.

"사침술을 쓰겠다."

"아!"

그제야 뭔가 실마리를 잡았다는 듯이 유온이 탄식을 흘렸다.

"이제 내 의도를 알겠느냐?"

"알겠습니다. 봉황침 두 개로 저들을 치료하면 깨어나는 순간부터 봉황침의 강력한 기운으로 인해 심맥에 부담이 가겠지요. 그들의 공력 여하에 따라 시간은 다르겠지만 결국에는 심맥이 터져 죽을 겁니다. 그전에 사침술을 써서 승한 기운을 가라앉히면 얼마간은 성한 상태로 버틸 수 있을 겁니다. 그렇게 된다면… 오직 사침술을 쓸 수 있는 사람만이 그들의 목숨을 보장할 수 있게 되는 것이고요."

"그렇게 거래를 하겠다."

유취려가 말했다.

"그가… 승낙할까요?"

설루가 물었다. 누구도 자신의 몸에 그런 식의 제약을 거는 것을 승낙치 않을 것이기 때문이었다.

"그에게는… 선택의 여지가 없을 거다."

"……?"

"지금 그는 잠들어 있지 않느냐? 먼저 잠든 그에게 봉황침을 시침하겠다. 그가 깨어나면 자신이 전혀 다른 상황에 직면한 것을 알게 되겠지. 그렇게 되면 우린 새로운 거래를 할 수 있을 것이다."

"그가 죽음을 각오하면요?"

"후우… 그땐 우리도 무사치 못하겠지. 하지만 지금의 형국은 결국 손을 쓰지 않을 수 없는 상황이다. 이대로 그들을 모두 살려냈다가는 우린 속절없이 이 지왕종문의 노예가 되고 말 거야."

유취려의 말에 천의비문의 문도들이 고개를 끄떡였다. 그러자 유취려가 다시 입을 열었다.

"문주께서 봉황침을 나에게 맡기셨지만, 그걸 쓰는 것은 너희의 동의가 필요하다고 생각했기에 이렇게 물어보는 것이다. 동의하겠느냐? 봉황침 네 개를 사용하면 오직 하나만이 남게 될 것이다."

"사고께서 결정하신 일을 어찌 반대하겠습니까. 더군다나 그것이 최선의 방책인 듯합니다."

유온이 대답했다.

"좋아. 그렇다면 오늘 밤 봉황침을 시침한다……. 그리고 내일 아침이 밝기 전에 그와의 거래를 끝내겠다."

유취려가 침착하게 말했다.

금빛 영롱한 금침이 유취려의 손끝에 잡혔다. 그녀의 손이 가늘게 떨리는 듯싶더니 이내 침착함을 회복하고 움직임을 멈췄다.

침 아래에서 얼마 전 깨어났다가 다시 잠든 모악이 규칙적으로 숨을 쉬고 있었다.

유취려의 손이 모악의 정수리로 향했다. 그러고는 망설이지 않고 봉황침 하나를 모악의 백회혈에 꽂았다. 그러자 봉황침에서 금빛 빛무리가 일어나더니 순식간에 침을 타고 모악의 머릿속으로 사라졌다.

"끄으윽!"

모악의 입에서 나직한 신음 소리가 흘러나왔다. 그러자 유취려가 재빨리 다른 봉황침 하나를 꺼내 이번에는 모악의 단전에 깊이 찔러 넣었다.

그러자 역시 마찬가지로 봉황침에서 금빛 빛무리가 일더니 침을 타고 모악의 단전으로 흘러들어 갔다.

"크으윽!"

잠들어 있던 모악의 입에서 거친 신음 소리가 흘러나왔다. 순간 유취려가 이번에는 봉황침과는 다른 손가락 하나 길이의 긴 은침 두 개를 모악의 양쪽 발바닥 중앙에 꽂았다.

"컥!"

한순간 모악의 입에서 피인지 가래인지 모를 검은 물체가 토해졌다. 천의비문의 의원 유온이 재빨리 모악이 뱉어낸 이물질을 천으로 닦아냈다.

"끄으윽!"

모악의 입에서 계속해서 신음성이 흘러나왔다. 그쯤에서 유취려는 더 이상 손을 쓰지 않고 허리를 폈다.

"끝났나요?"

설루가 물었다.

"그래."

"생각보다 간단하군요."

"그렇게 보였느냐?"

"물론 사부님께만 그렇겠죠?"

설루가 빙그레 미소를 지었다. 순간 설루의 웃음에 석실이 환해지는 것 같은 느낌이 들었다. 그러자 유취려가 설루를 질책했다.

"그 웃음을 조심하라고 했지?"

순간 설루의 얼굴에서 웃음기가 사라졌다.

"죄송해요."

"후우… 루야, 너의 그 웃음은 오직 한 사람에게만 보여야한다. 누구든 너의 그 웃음을 보면… 너에게 욕심을 품지 않을수 없어. 얼굴에 생기를 줄여 네 아름다움이 다른 사람에게는 느껴지지 않게 해야 한다. 생기를 없애도 네 아름다움을 눈여겨보는 자가 있지 않느냐?"

설루가 관 속에 누워 있는 모악을 가리키며 말했다.

"예, 사부님!"

설루가 공손하게 대답했다.

유취려는 처음 설루를 만났을 때부터 그녀의 아름다움을 걱정했었다. 더군다나 설루가 이십 대 중반에 이를 때에는 그 아름다움이 극에 이르러 보는 사람마다 그녀의 얼굴에서 눈을 떼지 못했다.

그래서 유취려는 천의비문의 비술을 이용해 설루의 얼굴에서 생기를 잠재웠다.

아무리 아름다운 꽃도 생기를 잃으면 시들해지는 것처럼 설루의 얼굴이 변한 것도 아닌데 비문의 비술은 설루의 아름다움을 감췄다. 그 이후 설루의 미모로 인해 그녀들이 곤란한 일은 없었다.

그런데 가끔 이렇게 설루가 아무 생각 없이 웃을 때는 비법이 풀리면서 굳었던 피부에 생기가 돌아 숨겼던 아름다움이 드러나곤 했다.

물론 아주 잠깐이지만 유취려는 그 잠깐의 방심조차도 언제나 걱정을 했다.

"부디 언제든 조심 또 조심하거라. 넌 만나야 할 사람이 있잖느냐?"

"명심하겠어요, 사부님!"

설루가 다소곳이 머리를 숙여 보였다.

그러자 유취려가 가볍게 고개를 끄떡이고는 천의비문의 의원들을 둘러보며 말했다.

"이자는 한 시진 뒤에 깨어날 것이다. 그때까지는 의심 사는 일 없도록 평소대로 행동하거라."

"예, 사고님!"

비문의 문도들이 나직하게 대답을 하고는 평소처럼 청옥관에 들어 있는 자들을 돌보기 시작했다.

제3장
위험한 거래

설루는 두려운 눈으로 그가 깨어나는 것을 지켜봤다. 그는 고통이 잦아든 후에도 한참의 시간을 보낸 후에야 깨어났다.

처음 눈을 떴을 때 모악은 석실을 얼려 버릴 것 같은 한기를 내뿜었다. 그러나 그건 한순간에 지나지 않았다. 금세 그 한기를 거둬들인 모악은 마치 어떤 일도 겪지 않고 그저 한숨 푹 자고 일어난 사람처럼 그렇게 평범한 학사의 모습으로 돌아왔다.

"좋군."

모악이 자신의 몸을 돌아보며 말했다. 여전히 관에 누운 채다.

"일어나 보시오."

유취려가 말했다.

그러자 모악이 가볍게 상체를 일으켰다. 그러고는 씨익 미소를 지었다. 그의 모습이 평범해지는 했지만 그 미소에는 여전히 사람의 오금을 저리게 만드는 껄끄러움이 있었다.

"정말 좋아."

모악이 한 손을 관에 걸치더니 훌쩍 날아올라 석실 바닥에 내려섰다. 그러고는 유취려를 보며 물었다.

"뭘 한 거요?"

자신의 동의를 받지 않고 다시 자신을 잠들게 했던 유취려의 행동에 대한 질책과 질문이 동시에 내포된 질문이다.

"그대를 제대로 깨우기로 결정한 것이오."

"우린… 거래 중이었는데?"

"하루가 지났소."

"음……."

모악이 떨떠름한 표정을 지었다. 애초에 그가 유취려에게 요구했던 하루의 시간이 자신도 모르게 지나간 것이다.

"내 정신이 올바르지 않았으니 그 거래는 인정되지 않소."

"상관없소. 난 당신이 제대로 된 몸과 정신으로 나와 거래하길 원한 거니까."

"그러니까 그 말은 내가 이젠 완전하단 말이군."

"물론… 소소한 불편함은 있을 거요. 그건 스스로 운기를 통해 해결해야 하는 문제요."

"후후후, 당연한 일. 집을 고쳐 주었는데 청소까지 해달랄 수는 없으니까. 그런데 내 제안에 대해서는 생각해 봤소?"

"승낙하오."

"허!"

유취려가 너무 쉽게 대답하자 모악이 허탈한 표정을 짓는다. 그리고 의심스런 눈으로 유취려를 바라봤다. 뭔가 숨기고 있는 것을 찾아내려는 듯한 눈빛이다.

그런 모악을 보며 유취려가 아무렇지도 않게 말을 이어갔다.

"그대의 몸은 아마도 어느 때보다도 기운이 넘칠 것이오. 왜냐하면 우리 천의비문 의술의 정수가 모인 영약을 복용했기 때문이오."

봉황침에 대해선 굳이 말하고 싶지 않았다. 그리고 사실 그 말이 거짓도 아니었다. 봉황침에 깃든 기운들은 백여 년간 모아진 영약이 분명하니까.

"영약이라… 그 귀한 것을?"

모악은 여전히 의심스런 눈초리다.

그러거나 말거나 유취려는 자신이 할 말을 계속했다.

"그 기운은 당신이 살아 있는 내내 지속될 것이오. 당신의 몸은 아주 건강할 거요."

"아주 좋은 선물이구려."

모악이 대답했다. 하지만 별로 고마워하지는 않는 것 같았다. 그도 그럴 것이 모악 같은 인물이 이유 없는 호의를 달가워할 리 없기 때문이었다. 그리고 예상대로 유취려는 자신이 원하는 것을 요구했다.

"당신에게 백 일의 시간도 주겠소. 그리고 그 이후 그가 깨어나면 우릴 지왕종문에서 내보내 줘야 하오. 물론 향후 천의비문에 대한 도발도 없어야 하고 말이오. 약속할 수 있소?"

"흐음… 글쎄……."

몸을 회복하고 나니 마음이 변했을까. 모악이 대답을 미뤘다.

"생각이 바뀐 거요?"

"그게 아니라 내게 과연 그럴 힘이 있을까 해서 말이오."

지왕종문의 대소사를 결정하는 것은 여전히 염화마군 철륵이고 관 속의 청년이 깨어나면 그가 될 것이니 그의 말대로 모악에겐 천의비문의 의원들을 내보낼 힘이 없을 수도 있었다.

그러나 유취려도 자신이 요구를 꺾지 않았다.

"그대에게 그런 힘이 없다면 그대는 죽을 거요."

"후후, 어떻게 말이오? 이미 난 깨어났는데… 설마 이곳에서 싸우자는 말은 아닐 것이고……."

"굳이 우리가 그대를 죽일 필요는 없소. 그냥… 이대로 놓아두면 그뿐이오."

"응?"

모악의 눈이 가늘어졌다. 자신이 모르는, 자신이 통제할 수 없는 그 무엇인가가 있다는 것을 눈치챈 것이다. 유취려가 바로 모악의 궁금증을 풀어줬다.

"본가의 영약은 무척 귀한 것이오. 천하의 영약들을 백 년 동안 모아 그 정수를 추출한 것이오. 그래서 보통 사람의 경우에는 한 번만 섭취해도 무병장수, 죽은 자도 깨어나는 효용이 있소. 우린 그런 영약을 당신에게 사용한 것이오. 그런데 당신의 몸은 특별했소. 하나로는 완치가 되지 않더이다. 그래서 두 번을 썼소. 그런데… 그 두 번째 투약으로 인해 당신의 몸이 감당할 수준의 약효를 넘어섰소."

"영약의 기운을 내 몸이 견디지 못할 거란 말이군."

"맞소."

"그래서 난 어떻게 되오?"

"일단은 본가의 비전 침술로 기운을 석 달간 억제했소."

"석 달 후에는……?"

"다시 신침을 맞아야 할 거요."

"후후후, 이거야 원 제대로 함정에 걸렸군."

"의도한 것은 아니지만 그렇게 되었구려. 물론 우리에겐 고마운 일이지만……."

"후후, 설마 그런 일이 그에게도 일어나오?"

유취려의 말을 모두 믿는 것은 어린애나 하는 짓이다. 모악은 이미 이 모든 것이 유취려의 계책임을 눈치챘다.

"아마도 그럴 것 같소. 그 역시 온전히 회복하려면 본가의 영약이 필요하니까. 물론… 또 다른 방법도 있소."

"뭐요?"

"영약의 강력한 기운이 가진 위험을 피하기 위해서라면 그를 깨우되 몸의 회복은 뒤로 미루는 거요. 영약이 아니더라도 삼사 년이면 그의 몸을 정상으로 돌릴 수 있소."

"삼사 년이라……."

모악이 말꼬리를 흐렸다.

"선택은 그대가 하시오."

유취려가 말했다.

"왜 내가 해야 하는 거요?"

모악 되물었다.

"당신이 말하지 않았소. 석 달의 시간을 주면 그가 깨어나도 그를 통제할 방도를 찾겠다고. 그런 면에서 보자면 본가의 영약은 그를 통제하는 좋은 방법 중 하나요. 물론 우리 천의비문의 손을 빌어야 하지만 말이오. 그게 탐탁지 않다면 그의 정신은 회복하되, 그의 몸은 회복시키지 않는 쪽도 괜찮은 것 아니겠소? 적어도 힘이 없는 그는 포악함이 덜할 테니까."

"그렇다고 내게 통제되는 것은 아니지. 그의 곁에는 염화마군이 있으니까."

"그래서 하는 말이오. 선택은 당신이 하시오. 당신에게 좋은 계책이 있다면 나도 굳이 본 문의 영약을 허비하고 싶지는 않소."

"후우, 정말 교묘한 일이군."

"우리의 요구는 받아들이는 거요?"

유취려가 물었다.

"후후후, 어쩌겠소. 꼼짝없이 함정에 빠진 것을……."

"노파심에서 하는 말하지만… 부디 혼자 해결책을 찾으려 하지 마시오. 그 영약의 기운은 오직 본 문, 그중에서도 나만이 통제할 수 있소."

"천의비문의 문주는 어떻소?"

"다시 말하지만 그 기운을 통제할 수 있는 사람은 오직 나뿐이오."

유취려가 다시 똑같은 말을 했다. 그만큼 중요한 사실이란 의미였다.

"믿지 못한다면?"

"그럼 당신은 스스로 운명을 시험해야겠지."

"그 운명을 시험하자면 천의비문 문도를 모두 죽여야겠군."

모악이 살기를 머금은 웃음으로 대답했다.

"천의비문은 그렇게 호락호락하지 않소. 그리고 우리 죽음의 값으로 그대들이 그토록 떠받드는 저 사람과 그대의 목숨을 가져갈 수 있다면 기꺼이 죽을 수도 있소."

유취려가 망설임 없이 대답했다.

이미 지왕종문에 오기를 결정한 순간부터 목숨을 내놓은 유취려. 안타까운 것은 설루와 함께 온 비문의 문도들이지만 그 또한 그들이 선택한 운명이므로 안타까울지언정 망설임은 없었다.

그런 유취려의 단호함에 모악도 더 이상 그녀를 협박할 마음을 잃어버렸다.

"좋소. 거래는 성립됐소."

지금까지와는 다르게 모악이 시원하게 대답했다. 그러자 유취려가 담담하게 고개를 끄떡이고는 모악에게 물었다.

"제대로 하루 더 쉬겠소?"

그러자 모악이 고개를 저었다.

"아니오. 관 속에 있다면 모를까, 관 밖으로 나온 이상 내가 일어난 것을 마군도 눈치챌 거요."

순간 유취려가 놀라서 주위를 살폈다. 누군가 석실을 비밀리에 감시하는 자가 있다는 소리로 들었기 때문이다.

"사람은 없소. 단지 이 청옥관에 문제가 생겼을 때 마군의 거처에서도 알 수 있게 되어 있소. 청옥관의 움직임으로 말이오. 무게가 변했으니 분명 마군에게 전해졌을 거요."

아니나 다를까, 모악의 말이 끝나자마자 석실 밖 멀리서 사람의 발걸음 소리가 들렸다.

그리고 잠시 후 지왕삼장 중 지독장 독로가 석실 입구에 모습을 드러냈다.

"법사! 깨어나셨구려!"

모악이 관 밖으로 나와 서 있는 것을 본 독로가 놀랍고 반가운 표정을 지어 보였다.

"오랜만이오, 지독장!"

"흐흐흐, 정말 회복하셨구려. 말씀하시는 것을 보니 아주… 건강해 뵈는구려."

"천의비문의 의술이 좋긴 좋더구려."

"정말 그렇소. 수많은 의원을 불러들여 치료를 해도 불가능했던 일인데 겨우 몇 달 만에……."

지독장 독로가 새삼스런 눈으로 유취려를 보며 말했다.

"완전한 것은 아니오."

유취려가 차갑게 말했다.

"무슨 소리요? 아주 멀쩡해 보이시는데……?"

지독장 독로가 모악을 살피며 말했다. 그러자 모악이 말했다.

"막힌 혈맥을 뚫느라 독한 약을 쓴 모양이오. 그 기운을 석 달에 한 번 풀어줘야 한다는구려."

"그거야 무슨 큰 문제요?"

독로가 그 정도 일은 아무것도 아니라는 듯 말했다.

"그리 간단한 문제는 아닌 것 같소. 시술을 하는 데 이삼 일 걸릴 수 있고, 또한 비문의 절기를 써야 하기에 오직 여기 화수 께서만이 하실 수 있다는구려."

"그런……!"

독로가 생각보다는 까다로운 문제라는 생각이 들었는지 유취려를 바라봤다.

그러자 유취려가 담담하게 말했다.

"나로선 최선을 다한 것이오. 시간을 두고 다른 방법을 찾아 들 보시구려."

"마군께서 어찌 생각하실지 모르겠소."

"그야 내가 어찌할 수 있는 문제는 아니오."

유취려의 대답이 차갑다. 그러자 독로가 잠시 생각에 잠겼다가 물었다.

"소주께선 어떠하오?"

청옥관 속 미청년을 말하는 것이다.

"석 달쯤 더 시간이 필요하다 하오."

유취려를 대신해 모악이 대답했다.

"석 달이라… 꽤 긴 시간이군."

"회복하셔도 향후 이삼 년은 예전의 기운을 되찾기 어려우실 거라 하시오."

모악의 말에서 천의비문의 문도들은 그가 천의비문의 영약을 미청년에게 사용하는 것을 거부했다는 것을 깨달았다.

아마도 그는 소주라는 자가 비록 제약이 있더라도 영약으로 온전히 힘을 회복하는 것보다는, 차라리 아예 힘이 없는 쪽이 자신에게 유리하다고 생각하는 모양이었다.

혹은 유취려의 손에 두 개의 패를 쥐게 하는 것이 못마땅할 수도 있었다.

"마군께서 근심하겠구려."

소주라는 미청년의 상세가 녹록치 않다고 하자 독로가 염화마군 철륵의 반응을 걱정했다. 그러자 모악이 위로하듯 말했다.

"그래도 회복되실 수 있다는 것이 중요하지 않소? 이 또한 천의비문의 의술 덕일 거요."

"흐흠… 그야 그렇소만. 어쨌거나 마군을 뵈러 갑시다."

"마군께서 벌써 일어나셨소?"

달빛을 빨아들이던 석실 천장의 통로에선 아침 기운이 밀려들고 있었다.

"아시지 않소? 마군께선 늘 이 시간에 취정(取精)하신다는 걸!"

"하긴 마군의 오랜 습관이시지."

모악이 고개를 끄떡였다.

"갑시다. 마군께서 반가워하실 거요."

독로가 모악을 재촉했다. 그러자 모악이 유취려를 보며 물었다.

"함께 가겠소?"

그러자 유취려가 고개를 저었다.

"괜찮다면 우린 좀 쉬고 싶소. 간밤에 잠을 자지 못한 터라……."

"하긴 그렇구려. 마군께는 내가 말씀드리겠소."

"고맙소."

유취려가 가볍게 고개를 숙여 보였다. 그러자 모악이 묘한 미소를 짓고는 독로와 함께 석실을 벗어났다.

"정말 위험한 자입니다."

모악이 석실을 벗어나자 유온이 두려운 표정으로 말했다.

"그러게 말이다."

"마치 뱀의 눈과 심장을 가진 자 같아요."

설루가 모악에게서 받은 느낌을 그대로 말했다. 그러자 유취려가 되물었다.

"그의 심성과 기도 말고 진정으로 무서운 게 뭔지 아느냐?"

"……?"

설루와 천의비문의 문도들이 유취려의 물음에 답하지 못하고 그녀를 바라봤다.

"진정으로 무서운 것은 그의 목적이 뭔지 모른다는 것이다. 그는 지왕종문에 속한 것도 아니고, 외인도 아닌 자다. 염화마군을 따르면서도 염화마군과는 다른 목적을 가지고 있는 것 같은 느낌이다. 내 생각으로는 그의 목표는 절대 지왕종문의 천하군림이 아니다."

"그럼… 그는 뭘 원하는 걸까요?"

"나도 잘 모르겠구나. 시간이 된다면 그걸 알아보고 싶다. 느낌이 좋지 않아. 어쩌면… 염화마군보다 더 위험한 자일 수도……."

"그럼 봉황침 두 개를 써서 그에게 제약을 걸어둔 것이 정말 잘된 일이군요."

설루가 말했다.

"그런 것 같다."

유취려가 고개를 끄떡였다.

"그가 봉황침의 기운을 스스로 해소할 가능성은 없을까요?"

유온이 조심스레 물었다. 그러자 유취려가 단호한 표정으로 대답했다.

"본 문의 의술은 그리 녹록지 않다. 그는 오로지 사침술에 의해서만 봉황침의 기운을 다스릴 수 있을 것이다. 그러니 걱정 말거라!"

"알겠습니다, 사고!"

유온이 유취려의 기분이 상한 것이 아닌가 하여 얼른 대답했다.

　"후우… 일이 급박하니 신경이 예민해지는구나. 일단 좀 쉬자. 정말 우리에겐 휴식이 필요한 시간이다."

　유취려가 고개를 저으며 석실을 벗어났다.

*　　　　　*　　　　　*

　마차가 편하긴 했다. 길 위에서 잠을 잘 수도 있었다. 역시 쿠샨의 제안을 받아들이길 잘한 일이었다.

　마차를 구한 것은 장안에서였다. 굳이 마차가 필요하냐는 적풍의 말에 쿠샨은 장안의 정세가 심상치 않다는 이유를 댔다.

　얼굴을 드러내고 다니는 것보다는 마차를 하나 사서 모습을 감춘 채 움직이는 것이 좋을 것이라는 의견이었다.

　장안의 공기가 험악한 것은 최근의 강호 사정 때문이었다.

　불광산 천불동에 모습을 드러냈던 지왕종문의 마인들이 천의비문의 문도들을 뒤따르던 북두회 고수들을 멸살한 일은 이미 널리 알려졌다. 또한 북두회 육가가 지왕종문에 복수를 선언한 지가 벌써 석 달이 되어가고 있었다.

　그간 자잘한 격돌이 있었고, 대부분의 경우 북두회 고수들의 승리로 이어졌다.

　그러나 그렇다고 북두회의 일방적인 승리는 아니어서 작은 승리는 있어도 대세에 영향을 줄 만큼 큰 싸움이 일어나지는 않고 있었다.

그러던 북두회가 처음으로 제대로 움직인 것이 장안을 장악하기 위해 나선 것이었다.

섬서 대혈산에 있는 지왕종문이 중원으로 나오기 위해서는 반드시 장안을 거쳐야 한다.

그래서 지왕종문은 개파 직후 장안 인근의 오래된 정사지간의 문파인 벽력문을 손에 넣고 세상으로 나가는 거점으로 삼고 있었다.

그런 지왕종문의 사정을 꿰뚫고 있던 북두회의 수장들이 지왕종문의 발목을 자르기 위해 장안으로 고수를 파견한 것이다.

덕분에 장안성 십여 리 밖에 위치한 벽력문과 장안성에 파견된 북두회 고수들 사이에는 일촉즉발의 팽팽한 긴장감이 형성되어 있었다.

그래서 장안을 거쳐 감숙으로 들어가려는 적풍과 쿠샨으로서는 사람들의 이목을 조심하지 않을 수 없었던 것이다.

적풍은 쿠샨의 제안대로 마차를 구입했고, 그 마차로 무사히 장안을 통과해 섬서의 경계를 넘어 감숙으로 들어선 지가 이틀 전이었다.

"이쯤에서 쉬어 가시지요?"

문득 마차를 몰던 쿠샨이 말을 세우며 적풍에게 물었다.

"벌써 쉴 때요?"

적풍이 마차 안에서 물었다.

"앞이 강입니다. 이쯤에서 마차를 정리해야 할 것 같습니다."

"쉴 만한 곳이 있소?"

"작은 포구가 있습니다. 그곳에서 마차를 팔 수 있을 겁니다."

"좋소. 그럽시다."

적풍이 동의하자 쿠샨이 마차를 몰아 강변에 형성된 자그마한 포구 마을로 들어갔다.

마차를 정리하는 것은 그리 어렵지 않았다.

애초에 단단하게 만들어진 마차인 데다가 쿠샨이 워낙 싼값에 내놓아 멀리 갈 필요도 없이 두 사람이 묵기로 한 객잔 주인이 마차를 인수했기 때문이다.

아마도 마차 주인은 그 마차를 되팔아 세 배의 이문은 너끈히 남길 터였다.

그 때문인지 객잔 주인의 호의가 대단했다. 객잔에서 제일 좋은 객방을 내주었음은 물론 저녁에는 시키지도 않은 귀한 술을 상 위에 올려놓았다.

적풍과 쿠샨은 요기를 마치고 일어나 객방으로 들어가려다가, 때마침 주인이 술을 내놓아 다시 자리에 앉아 가볍게 술을 마시고 있었다.

평소 술을 즐기지 않는 두 사람이지만 오늘은 긴 여행의 끝이라 술 한잔 기울이고 싶은 생각이 서로 같기 때문이었다.

"소문이 참 빠른 것 같습니다."

한 모금 술을 입에 넣고 오물거리다가 목으로 넘긴 쿠샨이 침묵이 지루한지 입을 열었다.

"무슨 말이오?"

"좀 전에 마차를 넘기러 나갔다가 객잔 앞에서 서성이는 장사치들이 하는 소리를 들었는데 흑룡채에 대한 이야기를 하더군요."

"벌써 말이오?"

"본래 장사치들은 소문이 빠른 법이지요. 더군다나 상로에 관해서는 더욱 그렇습니다. 흑룡채가 몰락해 혼류강이 열렸으니 강남으로 가는 상인들에게는 무척 중요한 소식이지요."

"나쁘지 않구려."

적풍이 술잔을 기울이며 대답했다.

어느새 적풍도 이십 대 후반에 이르렀다. 북방에서의 앳된 청년 모습은 찾아보기 힘들었다. 여전히 젊지만 또한 관록이 붙어 술잔을 기울이는 그의 모습이 제법 어울렸다.

쿠샨은 그런 적풍을 보면서 시간이 지날수록 그가 전마 적황을 닮아간다고 생각했다.

전마 적황의 그 고독하면서도 강렬한 패도의 기운을 훔쳐보며 얼마나 마음이 뛰었던가. 세상에선 마두 중의 마두라고 비난했지만 쿠샨이 보았을 때 전마는 사람의 혼을 끌어들이는 마력을 지닌 사내였다.

그런 전마의 모습을 적풍에게서 발견할 수 있다는 것이 쿠샨에겐 작은 기쁨이었다.

"지왕종문이 혼란스러울 겁니다. 북두회와 천무객, 이 두 개의 적이 모두 그들이 급소를 찔렀으니까요."

"하지만 염화마군이 움직이기엔 부족할 것이오."

"그렇지요. 그러나 두어 번 더 급소를 찔리면 그도 움직이지 않을 수 없을 겁니다."

쿠샨이 나직하게 대답했다.

그때 문득 객잔으로 세 명의 장사치가 들어섰다.

"어서 오세요!"

객잔의 주인이 기분 좋게 앞으로 나서며 손님을 맞았다.

"방 있소?"

"그럼요. 객잔에 방이 없을까요."

"그럼 방 하나 주고… 일단 간단히 요리를 좀 내주시오."

"저런, 아직 저녁 전이시군요? 뭘 드릴까요?"

"구운 오리하고 술이면 족하오. 아… 뭐, 면도 좀 내어주고……."

"알겠습니다. 이봐! 여기 오리하고 술 좀 준비해. 면도 삶고! 그런데… 무슨 일이 있으셨습니까? 땀을 다 흘리시고……?"

주방을 보며 소리치다가 객잔 주인이 의아한 표정으로 물었다.

"제길, 말 마시오. 잘못하다가는 큰 횡액을 당할 뻔했소."

"횡액이라뇨?"

"송가표국에 귀도문이 나타났소."

"헉! 귀도문이요?"

"그렇소."

"아니, 귀도문이 왜 송가표국을……?"

객잔 주인이 이해할 수 없다는 듯 물었다.

"자세한 건 모르지만 배를 내놓으라는 귀도문의 요구를 송가표국이 거절한 듯싶소."

"아니, 송가표국이 간이 부었나? 귀도문이 내어달라면 두어 척 내주면 될 것을 왜 거부했답니까?"

"한두 척이 아니니 그런 것 아니오. 듣자 하니 배 열 척을 내놓으라고 했다더구려."

"열 척씩이나요? 그럼 거의 전부 내놓으란 건데……."

"아마도 귀도문에선 애초부터 송가표국의 배가 아니라 송가표국 자체를 원한 것 같더이다."

"하긴 그간 귀도문이 송가표국을 욕심내고 있다는 소문이 있었지요. 난주로 가는 길목의 요지에 자리하고 있으니, 송가표국을 차지하면 서역 상로의 관문을 장악하는 것이니까요."

객잔 주인은 생각보다 무림의 사정에 밝았다. 객잔을 운영하다 보니 무림인을 상대할 기회도 많았던 모양이었다.

"욕심이 과한 거지… 아예 감숙 전체를 장악하려 하는 것과 같으니. 후우… 그놈의 지왕종……."

장사치가 무심결에 말을 하다 말고 입을 닫았다. 그러고는 급히 주위를 살폈다.

지왕종문을 힐난하는 것은 어디서든 위험한 일이다.

"그럼 송가표국은 어떻게 됐습니까?"

"우리도 잘 모르겠소. 우린 송가표국에 난주로 갈 표물을 맡기려고 가다가 귀도문의 고수들이 들이닥치는 것을 보고는 얼른 몸을 빼 나온 것이오."

"그럼 지금쯤은 송가표국이 절단 났을 수도 있겠군요?"

"글쎄… 그건 또 모르는 일이지."

"에이. 아무리 송가표국이 근방의 유지라 해도 감히 귀도문을 대적할 수 있겠습니까?"

"송가표국도 준비를 안 했겠소? 귀도문에서 배 열 척을 요구하는 순간부터 외부의 친우나 고수들을 초청했을 거요. 사실 송가표국의 금력은 웬만한 무림문파를 상대하기에 충분하니까 말이오."

"그래도 상대가 귀도문이라면……."

"그리고 귀도문도 송가표국을 완전히 박살 낼 생각은 아닐 거요. 그들에겐 송가표국의 땅이 아니라 송가표국의 그 표행 능력이 필요한 것이니 말이오."

"그럴까요?"

"뭐, 사람 몇이야 죽겠지만……."

귀도문과 송가표국을 두고 이런저런 이야기를 하는 사이 어느새 주방에서 음식이 나왔다.

그러자 객잔 주인이 음식을 받아 손님상에 놓으며 말했다.

"아무튼 다행이십니다. 그런 일에 얽혔다가는 우리 같은 사람들이야 목숨 부지하기 힘들지요."

"그렇게 말이오. 그나마 우린 눈치 빠르게 몸을 뺐지만 몇몇 사람은 그대로 억류되었을 것이오."

"천행이시군요. 이제 긴장 푸시고 맛있게 드십시오."

객잔 주인이 손님들의 비위를 능란하게 맞췄다.

"하하, 고맙소. 자자, 먹자구!"

상인이 동료들에게 말하며 먼저 술을 따랐다.

"길이 짧아졌구려."

적풍이 말했다.

"송가표국으로 가시게요?"

"그게 좋지 않겠소?"

"하지만 귀도문주 무도광이 와 있는지는 모르지 않습니까?"

"한 가문을 공격하는 일이오. 그도 와 있을 거요. 그런 쾌감을 놓치고 싶지 않겠지. 물론 오지 않았어도 상관없소. 천무객의 명성을 높이기 위해서는 무도광을 베는 것만큼 송가표국을 구하는 것도 좋지 않겠소?"

"그렇긴 하지요. 명분이 있으니까요."

쿠샨이 고개를 끄떡였다.

"내일 아침에 가봅시다."

"대낮에요?"

"천무객이 야음을 틈타 일을 벌이면 되겠소?"

"그래도……."

쿠샨이 걱정스레 대답했다. 하지만 적풍은 적혀 걱정하는 표정이 아니다.

"자, 이제 그만 들어갑시다. 내일은 할 일이 많을 것 같으니까."

"알겠습니다."

쿠샨이 대답을 하고는 자리를 털고 일어났다.

적풍과 쿠샨은 늦게까지 잠을 자고 아침 늦게 자리에서 일어나 객잔을 떠났다.

포구에서 배를 탄 것이 진시 말, 배는 그리 넓지 않은 강을 건너 두 사람을 난주로 이어지는 관도에 내려놓았다.

마차를 팔아버렸기에 그곳부터는 두 발로 걸어야 했다. 쿠샨은 마차만 팔고 말은 남겨둘 걸 그랬다면서 후회했지만 적풍은 크게 개의치 않고 송가표국으로 향했다.

두어 시진은 족히 걸리는 송가표국까지의 길을 두 사람은 시간을 반으로 줄여 도착했다.

예상대로 송가표국은 살벌한 기운이 감돌고 있었다. 그렇다고 귀도문의 고수들이 분탕질을 한 것 같지는 않아서 불에 탄 흔적도 없고, 무너진 건물도 보이지 않았다.

단지 평소와 다른 것은 송가표국의 정문을 지키는 자들이 표국의 표사들이 아니라 귀도문의 고수들이란 점이었다.

"주인이 바뀐 것 같긴 하구려."

적풍이 말했다.

"그렇지요? 역시 송가표국으로서는 귀도문을 상대할 수 없었겠지요."

쿠샨이 예상했다는 듯이 말했다.

"가봐야겠소."

"지금 말입니까?"

아무 준비도 없이 표국으로 가겠다는 적풍의 말에 쿠샨이 놀란 표정으로 되물었다.

"뭐 달리 준비할 게 있소?"

"그래도 장원의 사정을 알아본 연후에……."

"알아보나 마나 뭐 다를 게 있겠소? 귀도문의 마인들이 주인 행세를 하며 거들먹거리고 있겠지. 그럼 이따가 봅시다."

적풍이 무덤하게 말하고는 송가표국을 향해 걸음을 옮겼다. 그러자 그 모습을 멍하게 바라보고 있던 쿠샨이 고개를 저으며 중얼거렸다.

"그 자신은 아니라고 하겠지만, 그걸 알까? 자신이 아버지와 너무 닮았다는 것을……."

"누구냐?"

날카로운 눈을 가진 자다. 아마도 왼쪽 눈 아래쪽으로 길게 이어진 검상으로 인해 더더욱 차갑게 보이는 듯싶었다.

"이곳에 귀도문주가 있느냐?"

적풍이 물었다.

그러자 사내가 눈이 꿈틀거렸다.

"웬 놈인데 감히 문주님을 찾는 것이냐?"

"있단 말이군."

적풍이 중얼거렸다.

그러자 귀도문의 무사가 더 이상 참지 못하고 도를 빼 들었다.

"이놈! 죽고 싶어 환장했구나?"

"가서 전하라. 귀도문주를 만나러 왔다고!"

적풍이 여전히 상대를 무시한 채 말했다. 순간 귀도문의 무사가 도를 휘둘렀다.

웅!

귀도문은 그 이름처럼 괴이한 도법으로 유명한 문파다. 문도들 역시 귀도문주에게 전수받은 도법을 수련해 하나같이 괴도에 능숙한 자들이었다.

사내의 도는 그에 걸맞게 날카롭고 위험해 보였다.

사내의 도가 벼락처럼 적풍의 머리에 떨어졌다. 순간 적풍이 청룡검을 검집째 들어 적의 도를 막았다.

쩡!

쇠를 녹여 입힌 청룡검의 검집에 막힌 상대의 도가 날카로운 충돌음을 일으켰다. 순간 적풍의 왼손이 벼락처럼 상대의 목울대를 낚아챘다. 유령마군 사혼의 절대비기 유령마수다.

"컥!"

귀도문의 무사가 한순간 숨이 막혀 고통스런 음성을 토해냈다.

"두 번은 말하지 않는다. 가서 전해. 귀도문주 무도광을 만나러 왔다고!"

적풍이 상대의 목을 잡고 있던 왼팔을 가볍게 휘둘렀다. 그러자 귀도문의 무사가 맥없이 허공으로 떠오르던 그대로 땅에 처박혔다.

쿵!

"욱!"

귀도문의 무사가 충격을 이기지 못하고 신음을 토했다. 그러면서도 적풍이 두려운지 주춤거리며 일어나 재빨리 장원 안쪽으로 뛰어 들어갔다.

송가표국의 정문을 지키고 있던 다른 귀도문의 무사들이 두려운 눈으로 적풍을 바라보며 도를 뽑아 들었다. 그러나 그중 누구 하나 먼저 나서서 적풍을 공격하지 못했다.

이미 자신들의 동료가 단 일수에 맥없이 당하는 것을 보았기에 적풍이 자신들의 상대가 아니라는 것은 그들도 알고 있었다.

다행인지 적풍도 더 이상 귀도문의 문도들에게 손을 쓰지 않았다. 대신 그는 팔짱을 낀 채 장원 안으로 달려 들어간 귀도문의 무사가 귀도문주 무도광을 데리고 나오기를 기다렸다.

도도한 그의 모습이 귀도문 문도들의 화를 돋았으나 그들은 그저 적풍을 노려볼 뿐이었다.

그렇게 주인 아닌 자가 주인 아닌 자를 막아선 기이한 대치가 이각 정도 이어졌을까. 기다리는 자나 지키는 자 모두가 지루함을 느끼기 시작했을 때, 문득 표국 안쪽이 소란스러워지더니 십여 명의 눈빛 형형한 자가 모습을 드러냈다.

적풍이 갓의 챙을 살짝 들어 표국에서 나온 자들을 바라봤다.

모두 검은색 계통의 무복을 입고, 하나같이 굴강해 보이는 몸을 가진 자들이다. 개중에는 백발을 한 자도 있고 윤기 흐르는 검은 머리를 지닌 자도 있었지만, 그들 모두 단단한 체격을 가진 것은 마찬가지였다.

본래 귀도문은 그 문도를 들일 때 골격을 무척 중시했다. 이유는 그들이 수련해야 할 귀도문의 도법이 굵은 골격을 지닌 자들에게 적합한 것이기 때문이었다.

"그대가 날 찾았는가?"

표국에서 나온 귀도문의 무리 중 오십 대 중반의 사내가 앞으로 나서며 물었다.

"당신이 귀도문주인가?"

적풍이 차갑게 되물었다.

"그래, 내가 무도광이다. 넌 누구지?"

"천무객!"

적풍이 짧게 대답했다. 순간 귀도문주 무도광의 얼굴빛이 변했다.

"천무객!"

무도광이 나직하게 뇌까렸다. 천무객이라는 별호를 알고 있는 눈치다. 하긴 지왕종문을 따르는 문파들 사이에선 아마도 벌써 흑룡채주가 죽었고, 그를 죽인 자가 천무객이라는 소식이 돌았을 것이다.

"들어봤겠지?"

적풍이 다시 물었다.

"물론 꽤 인상 깊게 들었지. 흑룡채주 흑두룡은 나와도 친분이 깊었으니까. 다행이야. 묻고 싶은 게 많았는데 이렇게 만나게 되니……."

무도광이 검은색 초립 안에 숨겨진 적풍의 얼굴을 뚫어 보려는 듯 날카로운 안광을 쏘아내며 말했다.

"날 만난 것이 그리 좋은 일은 아닐 것이다."

적풍이 여전히 차갑게 말했다.

"후후? 웬걸, 정말 반가운 일이야. 친구의 복수도 할 수 있고……. 그런데 왜 제 발로 날 찾아왔지? 흑룡채주를 베었다면 내가 그 복수를 할 것이란 걸 알고 있을 텐데?"

"한 번 기회를 주기 위해서……."

"기회라. 궁금하군. 네가 내게 줄 수 있는 기회가 뭔지."

"살 기회를 주겠다. 지금 즉시 문도들을 데리고 송가표국에서 물러가라. 그러지 않으면… 그대는 그토록 절친하다는 친구를 만나게 될 것이다. 저승에서!"

적풍의 경고에 무도광의 얼굴이 딱딱하게 굳었다. 설마 하니 이자가 정말 자신을 죽이려는 마음을 먹고 있으리라고는 생각지 못했던 것이다.

무도광은 적풍의 말에 대답하는 대신 잠시 생각에 잠겼다가 뒤를 돌아보며 명했다.

"국주를 데려와!"

무도광의 명에 몇몇 사람이 뒤쪽에서 한 사람을 끌고 나왔다. 역시 호방해 보이는 얼굴에 굴강한 체력을 가진 사내였는데 귀도문의 문도들과 다른 점은 그가 점혈을 당한 채 끌려 나왔다는 점이었다.

그가 바로 송가표국의 국주 송원종이다.

홀로 표국을 세운 후 송가표국을 감숙 최고의 표국 중 하나로 키운 입지전적인 인물 송원종이 오늘 이렇게 비참한 모습으로 자신의 장원 앞에서 모욕당하고 있었다.

"꿇어!"

송원종을 끌고 나온 자가 그의 오금을 쳐서 바닥에 무릎 꿇렸다. 그러자 무도광이 도로 그의 턱을 들어 적풍을 보게 했다.

"아는 자냐?"

무도광이 물었다. 그러자 송원종이 분노 어린 시선으로 무도광을 노려다가 고개를 돌려 적풍을 보며 대답했다.

"모르는 자다."

"그래? 그런데 왜 그가 송가표국을 도우려 할까?"

무도광이 되물었다. 그러자 송원종의 얼굴에도 의문이 떠올랐다.

"표국을 도우려 한다고?"

"나보고 표국에서 물러나라고 하더군. 그러면 날 살려주겠다고 말이야. 이상하지 않은가? 그대가 초정하지 않은 자가 왜 위험을 감수하면서 그대를 도우려 하지?"

무도광이 묻자 송원종이 다시 적풍을 바라봤다. 그리고 이번에는 조금 누그러진 목소리로 물었다.

"혹 날 아시오?"

"오늘 처음 뵙소."

적풍이 대답했다.

"그런데 왜 본 표국을 도우려 하시는 거요?"

송원종이 다시 물었다. 그러자 적풍이 대답했다.

"그대를 돕는 것이 아니라 강호의 정의를 세우려 함이요. 지왕종문의 출현 이후 강호에서 도의가 사라졌소. 강한 자가 약한 자를 억압하는 것이 당연하게 받아들여지고 있는 실정이오. 난 무도(武道)를 수련한 자로서 이런 상황을 지켜만 볼 수 없었소. 그런 차에 오늘 우연히 이 근처를 지나다가 송가표국이 무도한 자들에게 겁탈당한다는 말을 듣고 이렇게 오게 된 것이오."

적풍의 일장 연설에 갑자기 무도광이 키득거리며 실소를 흘렸다.

"낄낄낄! 이거 정말 강호에 대단한 협사가 나셨군. 아무 인연 없는 자를 위해 목숨을 걸겠다니… 크하하! 정말 오랜만이야, 이런 정신 나간 자를 만나는 것은! 재미있어. 정말 재미있어! 하하하!"

무도광의 웃음이 장내를 뒤흔들었다.

그러자 귀도문의 문도들 역시 키득거리면서 적풍을 비웃었다. 송가표국의 국주는 치기 어린 젊은 무인이 괜한 호승심에 멋모르고 나선 것으로 생각하고는 기대가 실망으로 변해 고개를 숙였다.

그들은 모두 앞서 적풍이 귀도문의 무사를 상대로 보여줬던 무위에 대해, 그리고 그가 흑룡채주를 베었다는 사실을 까맣게 잊고 있었다.

그렇게 모두가 자신을 비웃을 때 적풍이 조용히 걸음을 옮겼다.

한순간 그의 몸이 얼음 위를 미끄러지듯 땅 위를 지나 순식간에 귀도문주 무도광에 이르렀다.

그의 손에는 어느새 뽑았는지 눈부신 검광을 만들어내는 청룡검이 들려 있었다.

제4장
독행(獨行)

"헉!"

귀도문주 무도광의 입에서 헛바람이 터져 나왔다. 그가 도를 뽑지도 못하고 뒤로 몸을 날리며 소리쳤다.

"놈을 막앗!"

그러자 무도광의 뒤쪽에서 그림자 둘이 튀어나오며 좌우에서 적풍의 검을 막았다.

그들은 항상 귀도문주를 따르면서 그의 수족 노릇을 하는 다섯 명의 도객, 세상 사람들이 귀도문 오대도객이라 부르는 자들 중 둘이었다.

좌측의 인물이 공서화, 우측의 인물이 좌단이란 이름을 가진 자들이었는데 이들이야말로 무도광과 함께 오늘날의 귀도문을 이룩한 주역이었다.

콰앙!

좌우에서 교차하듯 막아서는 적을 향해 적풍의 검이 무지막지한 기세로 떨어져 내렸다.

"윽!"

"큭!"

기이하게도 검과 도가 격돌했는데 물러난 것은 도를 든 자들이었다. 본래 도는 중병이라 검으로 상대할 때는 격돌을 피하고 빠름에 치중해야 하는 법이지만 적풍의 청룡검은 도 못지않은 위력을 드러냈다.

주춤거리며 뒤로 물러나는 공서화와 좌단 사이로 길이 열리자 적풍의 눈에 당황한 무도광이 보였다. 적풍이 망설이지 않고 무도광을 향해 달려들었다.

"이놈!"

무도광이 노했다. 더 이상 뒤로 물러나는 것은 있을 수 없는 일이다. 이번마저 싸움을 수하들에게 넘기고 물러선다면 설혹 이 괴이한 놈을 문도들이 제압한다 해도 더 이상 자신이 귀도문의 문주로서 살아가기는 힘들 것이기 때문이었다.

무도광이 도를 들어 다가오는 적풍을 내려쳤다.

쿠앙!

오늘날 그를 귀도문의 주인으로 만들어준 귀왕도법이 시전됐다.

귀왕도법은 움직임을 예측하기 어려울 뿐 아니라 도법이 펼쳐지는 동안 적의 심기를 어지럽히는 귀곡성을 만들어낸다.

그 이름대로 무도광의 도가 귀신 울음 같은 소리를 만들어 냈다.

적풍의 눈살이 살짝 찌푸려졌다. 신경을 긁어대는 이 귀곡성을 오랫동안 들으면 자신도 모르는 사이에 정신이 흐트러질 수도 있겠다는 생각이 들었다. 이럴 때 필요한 것은 속전속결이다.

적풍이 진기를 부쩍 끌어 올렸다. 그러자 청룡검에서 만들어진 검기가 일 장 이상 길어졌다.

콰앙!

두 개의 도검이 격돌했다. 그야말로 무지막지한 격돌이었다. 초식의 정교함보다는 힘으로 맞붙는 싸움. 속전속결을 원하는 적풍의 뜻으로 일어난 일이다.

"으음!"

적풍과 도검을 맞댄 무도광의 입에서 나직한 침음성이 흘렀다.

예상은 했지만 상대의 공력이 감당할 수 없을 만큼 무거웠다. 마치 태산이 짓누르는 듯한 힘이다.

"네놈은 대체……."

두 사람 사이에 겨우 두어 자 정도의 거리밖에 남지 않아서 무도광은 태산 같은 압력을 가하면서도 전혀 긴장한 기색이 없는 적풍의 눈 아래 얼굴을 볼 수 있었다.

"도를 버리면 지금이라도 살 수 있다."

적풍이 말했다.

정명한 천무객이 함부로 살생을 할 수야 있나 싶은 생각에서 한 말이었다. 그러나 무도광은 마도의 인물, 언제나 정법으로만 상대를 상대하는 자가 아니다.

그에게는 그 자신의 무공 말고도 쓸 수 있는 무기가 많았다.

"모두 놈을 쳐!"

무도광의 입에서 살기 어린 목소리가 터져 나왔다. 그의 명에 따라 귀도문의 고수들이 기다렸다는 듯이 사방에서 적풍을 향해 이리 떼처럼 뛰어들었다.

그러자 적풍도 더 이상 무도광을 고집할 수는 없었다.

적풍이 공력을 끌어 올려 검을 밀었다. 그러자 무도광이 자연스레 그에게서 멀어졌다.

그사이 적풍이 살짝 허공을 몸을 띄워 올려 몸을 가볍게 한 후 벼락처럼 검을 휘둘렀다.

쩌적!

적풍의 검에서 뇌성이 터져 나왔다. 동시에 그의 검을 타고 흐른 검기가 좌측에서 달려들던 귀도문의 문도 둘을 동시에 벴다.

"악!"

"욱!"

비명이 터져 나오면서 적풍을 향해 협공을 하던 귀도문도들의 좌측 진영이 무너졌다.

팟!

적풍이 자신이 만든 좌측 공간을 뚫고 들어갔다. 그의 검과 그의 손이 같이 움직였다.

검은 적의 몸을 베고 손은 적의 옷자락을 낚아채 멀리 던져 버렸다. 그러자 순식간에 귀도문도들의 진영이 와해되기 시작했다.

흩어진 양 떼 속에서 사자는 유유히 사냥을 즐긴다.

적풍이 움직이는 속도가 느려졌다. 그럼에도 불구하고 그의 검은 한 번에 한 명씩은 꼭 적을 꺾었다. 개중에는 죽은 자도 있고 또 살아 있으나 팔다리가 잘린 자도 있었다.

어쨌거나 그렇게 맹수의 제왕 사자처럼 움직이는 적풍으로 인해 그를 막아서는 자의 숫자가 점점 줄어들었다.

그리고 급기야 겨우 셋만이 적풍의 앞에 남았다. 나머지 귀도문의 문도들은 이미 수십 장 밖으로 벗어나 언제라도 도주할 수 있는 길을 열어두고 있었다.

적풍 앞에 남은 세 명의 적은 앞서 무도광을 대신해 죽은 오대도객 두 명을 제외한 나머지 셋이었다.

이대령, 자로, 중석이란 이름을 가진 이들 세 명의 도객은 비록 적풍의 절대적인 무공 앞에 두려움을 느끼기는 했지만 그렇다고 그들의 주군인 무도광을 배신할 수는 없다는 생각에 끝까지 자신들의 자리를 지키고 있었다.

"그를 위해 죽겠다는 건가?"

적풍이 잠시 숨을 고르며 세 명의 도객에게 물었다.

"우릴 넘지 않고선 문주님을 해할 수 없다."

"호오… 대단한 충신이군. 만인에겐 독한 그도 그대들에게는 진심이었던가?"

적풍이 슬쩍 무도광을 보며 말했다.

"대체 우리 귀도문과 무슨 원한이 있어서 이런 짓을 하는 것이냐?"

"말했지 않은가? 불의(不義)를 보고 지나칠 수 없었다고. 그대들이야말로 송가표국과 아무런 원한도 없지 않은가? 그럼에도 단지 이득을 위해 이들을 공격한 그대들에게 무슨 할 말이 있겠는가?"

적풍의 추궁에 세 명의 도객이 반박하지 못하고 얼굴을 붉혔다.

그러자 적풍이 시선을 돌려 이번에는 송가표국의 국주 송원종에게 말했다.

"국주께선 언제까지 이 싸움을 외인에게만 맡겨두실 생각이십니까?"

적풍의 말에 적풍과 귀도문의 무지막지한 싸움에 잠시 정신을 잃고 있던 송가표국의 국주 송원종이 퍼뜩 정신을 차렸다.

"미, 미안하오. 내 대협의 무공에 놀라 그만……. 표국의 형제들은 들어라. 모두 나서서 이 도적놈들을 주살하라. 강호의 협사께서 우릴 도우러 오셨다!"

송원종의 외침에 표국 곳곳에서 표사들이 도검을 들고 뛰어나왔다. 그들은 싸움이 시작될 때부터 장내의 상황을 살피며 기회를 노리고 있었던 모양이었다.

삽시간에 몰려나온 표사들로 인해 장내의 세력이 좌우로 갈렸다.

표국 안쪽으로는 송가표국의 표사들이, 그 바깥쪽은 어느새 표국 밖으로 밀려난 귀도문의 마인들이 차지하고 있었다.

"국주님!"

송가표국의 표사 중 나이 지긋한 초로의 노인 둘이 급히 송원종에게 달려와 그를 부축했다. 그러자 송원종이 그들의 손길을 뿌리치며 말했다.

"검을!"

"국주, 몸도 성치 않으신데……."

"그렇다 한들 어찌 가문의 일을 손님에게만 맡길 수 있겠소. 몸이 부서져도 할 일은 해야지! 주시오!"

송원종이 고집을 부리자 노인이 어쩔 수 없다는 듯 그에게 검을 건넸다. 그러자 송원종이 검을 뽑아 들며 말했다.

"표사들은 들어라! 비록 힘이 없어 겪은 한 번의 수치는 어쩔 수 없으나 기회가 왔음에도 두려움에 몸을 사려 명예를 회복하지 못하는 것은 무인 된 자의 행보가 아니다. 검을 들어 악적들을 쳐라!"

"옛, 국주!"

그동안 귀도문의 겁박에 노예 취급을 당했던 송가표국의 표사들이 투기를 드러내며 대답했다.

그러자 장내의 분위기가 순식간에 바뀌었다.

비록 절윤적인 무위를 드러내며 귀도문의 마인들을 꺾어버린 적풍이지만 그는 혼자였다. 몰살을 당하지 않는다면 결국에는 어떤 식으로든 상대해 볼 수 있는 적이라 생각했던 귀도문의 마인들에게 송가표국 표사들의 반격은 그야말로 날벼락 같은 것이었다.

표국의 표사들 무공이 귀도문 마인들의 무공에 비할 바는 아니었으나 이 싸움에서 무공의 고하는 더 이상 문제가 아니었다. 싸움은 기세, 그 기세가 이미 송가표국 쪽으로 넘어와 있었다.

더군다나 사람의 숫자에 있어서는 적풍에게 적지 않은 손해를 입은 귀도문이 송가표국에 비할 바가 아니었다.

"송원종, 후일이 두렵지 않느냐?"

귀도문의 마인들 속에서 무도광이 송원종을 노려보며 소리쳤다. 그러자 송원종이 대답했다.

"오늘 송가표국의 문을 닫아도 좋다. 그러나 너희 도적들에게는 반드시 대가를 치러주겠다."

"천하의 마도가 지왕종문을 따르고 있다. 네가 감히 귀도문에 대적하고도 지왕종문의 보복을 피할 수 있을 것 같으냐?"

"참으로 부끄럽구나. 겨우 등 뒤에 호랑이를 앞세워 협박이나 하는 자에게 무릎을 꿇었었다니……."

송원종이 한탄하듯 말했다.

"송원종! 오늘의 일을 뼈저리게 후회할 것이다. 나 무도광은… 헛!"

한순간 송가표국주 송원종에게 저주를 쏟아내던 무도광이 헛바람을 뱉어냈다.

그의 표정은 마치 귀신을 본 것 같았다. 그 스스로 귀신이 쓰는 도법을 수련한 자임을 자처하면서도 정작 귀신처럼 다가든 적풍의 움직임에 대경실색할 수밖에 없는 무도광이었다.

그런데 그런 적풍의 움직임에 놀란 것은 무도광만이 아니었다. 분명 앞을 막고 있는데도 불구하고 바람처럼 자신들을 뚫고 지나 무도광을 공격하는 적풍의 움직임에 오대도객 삼 인 역시 당황한 기색이 역력했다.

"너는 누구에게도 복수할 수 없다."

무도광 앞에 다가선 적풍이 그대로 검을 찔러 넣으며 말했다.

"놈!"

갑작스런 적풍의 공격에 당황한 무도광이었지만 그 역시 강호를 두려움에 떨게 하는 마문의 주인. 무도광이 욕설을 내뱉으며 급히 도를 끌어 앞을 막았다.

캉!

강렬한 충돌음이 터져 나오는 순간 무도광이 적풍의 기세와 힘에 밀려 뒤로 밀려났다. 순간 적풍의 왼손이 길게 늘어나는 듯 보이더니 한순간에 상체가 뒤로 밀리며 자연스레 떠오른 무도광의 한쪽 발목을 휘어잡았다.

유령마군 사혼의 유령마수가 다시금 적풍의 손에서 시전된 것이다.

"흡!"

적풍의 손에 발목이 걸린 무도광이 숨이 막힌 듯한 표정을 지으며 재빨리 몸을 틀었다.

그러나 그의 발목은 적풍의 손을 벗어나지 못했다. 유령마수의 강력한 악력이 외려 더 강하게 무도광의 발목을 조여왔다.

"이놈!"

발목이 잡힌 채 버둥거리는 모양새는 무도광에게 수치심을 주기 충분했다.

무도광이 허공에 누운 채 적풍을 향해 도를 휘둘렀다. 그러나 중심을 잃은 상대의 도초에 당할 리 없는 적풍이다.

적풍은 가볍게 손에 잡힌 무도광의 발목을 비트는 것으로 손쉽게 무도광의 공격을 무산시켰다.

그때 귀도문 오객들이 소리를 지르며 달려들었다.

"이놈! 문주님을 놓아라!"

오객 중 서열 일 위에 올라 있는 이대령이 노성을 터뜨리면서 도를 들어 적풍의 등을 내려쳤다.

순간 적풍이 왼손에 잡힌 무도광을 힘차게 휘둘렀다. 그러자 마치 무도광의 몸이 적풍의 병기가 된 것처럼 자신을 공격하는 이대령의 도를 막아갔다.

"헉!"

자칫하다가는 무도광을 베게 생긴 이대령이 재빨리 도를 거뒀다. 그러자 좌우에서 다른 도객 둘이 적풍의 하체를 공격했다. 그러나 적풍은 여유 있게 몸을 떠올리며 역시 무도광을 휘둘러 상대의 공격을 막아냈다.

"이… 이놈! 죽여 버리겠다!"

적풍의 손에 잡힌 채 이리저리 휘둘리고 있는 무도광이 수치심을 이기지 못하고 벌겋게 달아오른 얼굴로 고함을 쳐댔다.

그 순간 적풍이 무도광을 잡은 손을 놓아버렸다.

갑작스레 허공에 내던져진 무도광이 송가표국의 국주 송원종을 향해 날아가려는 순간 적풍의 도가 무도광의 등을 벴다.

"컥!"

무도광이 등에서 피를 뿌리며 송원종 앞으로 날아갔다. 그러고는 여지없이 땅에 처박혀 두어 바퀴를 구른 후 송원종의 발밑에서 구겨지듯 멈춰 섰다.

"우욱!"

무도광의 입에서 고통스런 신음 소리가 흘러나왔다. 등에 큰 검상을 입은 그는 제대로 서지도 못했다.

그런 그가 겨우 고통을 참으며 몸을 일으키려는 순간 그의 턱에 송원종의 발이 날아들었다.

퍽!

"억!"

무도광이 입에서 피를 뿌리며 땅을 나뒹굴었다. 그러자 송원종이 다가들더니 검을 그의 코앞에 들이댔다.

"이제야 네놈에게 겪은 치욕을 갚을 수 있겠구나!"

살기가 번뜩이는 송원종의 검날이 눈앞에 다가서자 무도광이 본능적으로 뒤로 물러나려 했다. 그러나 어느새 송원종의 발이 그의 가슴을 밟고 놓아주지 않았다.

"송… 송 국주… 우리 대화로… 컥!"

송원종에게 사정하던 무도광이 다시 비명을 토했다. 송원종이 그를 밟고 있던 발에 힘을 가한 것이다.

"네놈이 입을 열 기회는 이제 영영 없을 것이다. 넌… 네가 우리 송가표국에 했던 악행을 고스란히 경험한 후에 죽게 될 것이다."

송원종이 차갑게 말하고는 무도광의 혈도를 제압했다. 그러고는 사냥당한 늑대처럼 축 늘어진 무도광을 표국의 표사들에게 던졌다.

"묶어서 광에 가둬라!"

"예, 국주!"

적의 우두머리인 무도광을 제압했다는 사실에 전의가 솟구친 송가표국의 표사들이 우렁차게 대답을 하고는 재빨리 무도광의 전신으로 질긴 밧줄로 묶어버렸다. 그러고는 그를 짐승처럼 집어 들고 표국 안으로 사라져 버렸다.

허무하게 무도광이 제압되자 우두머리를 잃은 귀도문의 마인들이 어찌할 바를 모르고 얼음처럼 얼어버렸다.

"죽겠느냐? 아니면 칼을 버릴 것이냐?"

적풍이 세 명의 귀도문 도객에게 검을 겨누며 물었다.

"이놈… 우리와 전생에 무슨 원한을 맺었길래……!"

이대령이 적풍을 노려보며 이를 갈았다.

"죽겠다는 말이군. 나쁜 건 아니다. 마도의 인물이라도 무인은 무인! 명예는 남을 테니까!"

적풍이 망설이지 않고 이대령을 향해 날아들었다. 그러자 이대령이 이를 악물고 도를 들어 적풍의 검을 막았다.

쩡!

강렬한 충돌음이 장내를 뒤흔들었다. 그 순간 적풍의 검이 그대로 이대령의 도를 깨뜨리면서 가슴을 함께 벴다.

"컥!"

이대령이 큰 비명도 없이 앞으로 고꾸라졌다. 먼지를 일으키며 쓰러진 이대령은 더 이상 움직이지 않았다.

그렇게 단번에 이대령을 벤 적풍이 기다리지 않고 다른 두 명의 도객, 자로와 중석에게 검을 겨눴다. 순간 두 사람이 누가 먼저랄 것도 없이 손에 든 도를 떨어뜨렸다.

이대령까지 일초에 베어버리는 적풍의 무공에 더 이상 대적할 마음을 잃어버린 것이다. 더군다나 이들은 명예보다는 목숨이 중요한 마인이다. 패배가 확실한 싸움을 더 이상 할 이유가 없는 자들이었다.

"우… 우린 그만 떠나겠소."

자로가 말했다.

"그를 두고?"

적풍이 검으로 표국 안쪽을 가리켰다. 그 안에 무도광이 있다.

"문주는… 더 이상 우리 주인이 아니오."

"매정하군."

"마도의 법도가 그러하오. 그라도 그랬을 거요."

"후후… 마도의 법이라. 그럼 세상의 법도 알겠군."

"무슨……?"

자로가 적풍을 바라봤다. 그러자 적풍이 싸늘하게 대답했다.

"빚진 자는 빚을 갚아야 한다는 것이지. 그대들의 운명은 이제 내가 아니라 국주에게 달렸다!"

적풍이 고개를 돌려 송가표국의 국주 송원종을 바라봤다.

"구… 국주! 지난 일은 미안하게 되었소. 우릴 이대로 보내주시오. 다시는 송가표국에 오는 일이 없을 거요."

자로가 송원종에게 말했다.

그의 말은 정중했으나 그렇다고 비굴하지는 않았는데 아직도 적풍이 아니라면 송가표국 정도야 얼마든 도모할 수 있다는 자신감이 있는 듯 보였다.

그러니 지금 그가 송원종에 한 말은 부탁이 아니라 협박과 같았다. 그런데 그런 자로의 태도가 그들의 운명을 결정했다.

송원종은 노련한 사람이었다. 수십 년간 표행을 이끌며 감숙제일의 표국으로 키워낸 그가 무림의 생리를 모를 리 없었다.

"오늘 불이 무서워 어둠 속으로 사라진 이리는 다음 날 어둠이 찾아오면 반드시 다시 돌아오는 법이지."

송원종이 중얼거렸다.

적풍이 가고 나면 이들이 분명 다시 돌아올 것이란 뜻이다. 송원종이 문득 검을 들었다. 그리고 냉정하게 말했다.

"다른 사람은 가도 좋다. 그러나 너희 둘은 갈 수 없다. 도(刀)를 버리고 항복하면 목숨은 살려준다. 선택은 너희의 몫이다. 난… 후환을 남기는 사람이 아니다!"

송원종의 말이 끝나자 표의 표사들이 순식간에 자로와 중석을 에워쌌다.

반면 떠나도 좋다는 허락을 받은 귀도문의 마인들은 두 도객의 생사를 확인하지도 않고 사방으로 도주하기 시작했다.

아마도 그들은 다시는 귀도문으로 돌아가지 않을 것이다. 주인을 버리고 돌아온 자들을 반겨줄 문파는 어디에도 없다. 아니, 어쩌면 귀도문 자체가 오늘부로 무림에서 사라져 버릴 수도 있었다.

무도광과 오대도객이 없는 이상 귀도문을 이끌어 갈 인물은 없기 때문이었다.

"모두 떠났습니다."

귀도문의 마인들이 흩어지자 송가표국의 표사가 송원종에게 말했다.

"좋아. 그럼 이제 너희도 선택하라!"

송원종이 자로와 중석을 보며 선택을 재촉했다. 그러자 두 사람이 서로의 눈을 바라보다가 이내 고개를 저으며 말했다.

"어쩔 수 없는 일이지. 이렇게 된 이상 우리라도 문주님 곁을 지키는 수밖에……."

자로와 중석이 체념한 표정으로 송원종을 바라봤다.

"항복하겠는가?"

송원종이 재차 확인했다.

"우릴 문주 곁에 머물게 해주시오."

"그리하겠다."

"좋소. 그럼 이제 마음대로 하시오."

자로가 대답했다. 송원종이 표국의 노고수들에게 고개를 끄떡였다. 그러자 표국의 노고수들이 조심스레 자로와 중석 곁으로 다가서더니 급하게 그들의 혈도를 제압했다.

항복했다지만 두 사람에 대한 두려움은 여전했던 것이다.

"광으로 데려가 귀도문주와 함께 넣어둬라."

송원의 종의 명에 표사들이 얼른 두 사람을 끌고 표국 안쪽으로 사라졌다.

싸움이 끝났다. 멸문의 위기에 처했던 송가표국은 오히려 오늘 귀도문을 물리침으로써 강호에서 큰 명성을 얻게 되었으니 전화위복이라고 할 수 있었다.

그러나 송원종은 이 모든 결과가 한 사람의 외인에 의한 것임을 너무 잘 알고 있었다.

"대협! 송가의 원종이 은인께 감사드립니다. 안으로 드시지요. 오늘은 제가 모시겠습니다."

송원종이 적풍을 향해 정중하게 포권을 하며 말했다. 그러자 적풍이 고개를 저었다.

"오늘 내가 귀도문의 마인들을 상대한 것은 오직 송가표국을 위해서만 한 일은 아니오. 그들은 놓아두면 지왕종문을 등에 업고 간악한 짓을 일삼을 것이기에 손을 쓴 것이오. 그러니 너무 마음 쓰지 마시오. 그리고… 초대는 고마운 일이나 지금 내가 급히 가야 하는 곳이 있어서 한시라도 시간을 내기 어려운 처지요. 초대에 응하지 못하는 점 사과드리오."

적풍이 정중하게 대답했다. 그러자 송원종이 아쉬운 표정을 지으며 대답했다.

"본 가의 대은인을 이대로 보내 드린다면 아마 세상 사람들이 본 가를 손가락질할 것입니다."

"하하, 무슨 말씀을! 저 무도한 귀도문을 와해시킨 것만으로도 국주와 송가표국은 세간의 칭송을 들을 것이오. 난 이제 가야겠소."

"은인! 이름이라도……."

"천무객이라는 별호 말고는 달리 드릴 말씀이 없소. 본래 우리 사문은 일인전승에 세상에 나서는 것을 경계하는 터라 강호에 이름을 남기지 않고 있소."

"아… 그런가요? 과연 강호기인이십니다. 그래도 이렇게 보내드리기는 너무 아쉬운데……."

"그것보다는 송가표국의 앞날을 걱정하셔야 할 것이오. 지왕종문에서 사람을 보낼 수도 있소."

"알고 있습니다. 그래서 저도 오늘 사로잡은 자들을 데리고 잠시 출도를 할까 합니다."

"북두회를 찾아가실 생각이시구려."

"아무래도……."

"오다 보니 장안의 사정이 좋지 않았소. 길이 열리지 않을 수도 있소."

"그렇다면 사천이나 섬서의 무당과 화산을 찾겠습니다."

"나쁘지 않은 생각이오. 거리가 그리 멀지 않으니……."

"평소 인연이 아주 없던 곳들도 아니니 아마도 표국을 도와줄 것입니다."

"그렇다면 안심이오. 나로서도 이대로 떠나기가 마음에 걸렸는데… 부디 표국이 평안하기 빌겠소."

"아… 정말 이대로 보내 드려야 하는 겁니까?"

송원종이 아쉬운 듯 탄식했다.

"인연이 있으면 또 보게 될 것이오. 그럼……."

적풍이 가볍게 고개를 까딱이고는 훌쩍 뒤로 신형을 날렸다. 그러자 그의 몸이 순식간에 표국의 경내를 벗어나 숲으로 이어진 관도로 사라졌다.

"아아, 정말 강호에는 기인이사가 많다더니……. 처음에는 그저 명성을 얻기 위해 어줍게 나선 젊은이로 생각했더니 이제 보니 정말 대협의 풍모를 지닌 분이었구나. 은인! 이 송원종 죽는 날까지 천무객이란 그 별호를 절대 잊지 않을 것입니다!"

송원종이 이미 자취를 감춘 적풍을 향해 다시 한 번 정중하게 포권을 해 보였다.

"수고하셨습니다."

송가표국이 보이는 언덕 위에서 적풍을 기다리고 있던 쿠샨이 적풍이 돌아오자 정중하게 포권을 해 보였다.

적풍은 새삼스레 무슨 일이냐는 듯 쿠샨을 바라봤다. 그러자 쿠샨이 웃으며 말했다.

"오늘 주군의 모습을 보니 약간 후회가 듭니다."

"무슨 말이오?"

"어둠에서 시작할 것이 아니라 밝은 곳에서 시작했어도 되지 않았을까 하는 생각 말입니다. 강호의 정의대협으로서 충분한 모습이셨습니다. 기도 또한… 청룡검을 들으니 한층 밝은 듯했습니다."

"가까이 오셨었구려."

"저로서야 만약을 준비야지요."

"내가 패할 수도 있을 거라 생각했단 말이오?"

적풍이 언짢은 표정으로 물었다.

"강호의 일이란 언제나 예측 불가한 것이니까요."

"고맙소. 하지만 밝은 곳에서 시작했어도 되었을 거란 생각은 틀린 것 같소."

"……?"

"난 벌써 이 정의로운 천무객 노릇에 질리고 있소."

"하하, 그렇습니까?"

"표국 사람을 상대할 때도 이러하니 정파의 인물들을 상대할 때는 또 얼마나 불편했겠소."

"그들을 상대하는 것이 고역이기는 하지요."

쿠산이 가볍게 미소를 지었다.

"이젠 어디요?"

"지난번에 말씀드렸듯이 산서 근방의 두 곳을 생각할 수 있습니다."

"어디요?"

"백인살문이나 적룡마가가 적당할 겁니다."

"백인살문은 살수단이겠구려?"

"그렇습니다."

"그럼 쉽지 않겠군."

"그렇지요. 거처도 제대로 알려지지 않았으니 그들을 만나려면 제법 시간이 필요할 것입니다."

"그럼 적룡마가로 갑시다."

적풍이 말했다.

"적룡마가도 문제가 조금 있습니다."

"뭐요?"

"적룡마가는 지금까지 상대했던 흑룡채나 귀도문과는 다른 곳입니다. 귀도문과 흑룡채는 지왕종문의 출현과 함께 명성이 높아진 곳이지만 적룡마가는 강호의 오래된 사파 명문이지요. 한때 천마맹의 일원이었으니까요."

"무슨 상관이오?"

적풍이 별일 아니라는 듯 말했다.

"적룡마가의 가주를 만나는 것이 쉽지 않습니다."

"그렇소?"

"그는 천마맹을 떠난 후 줄곧 세상에 모습을 드러내지 않고 있습니다. 아마도 천마맹의 보복을 두려워하는 것 같습니다."

"깊이 숨어 있단 말이군."

"그렇습니다. 적룡마가 같은 문파에서 숨자고 마음먹으면 그를 제거하는 것은 쉬운 일이 아니지요."

"굳이 그를 제거할 필요는 없소. 적룡마가가 불타는 것으로도 충분하지."

"아이고, 그건 더 어려운 일 아닙니까?"

"기름 뿌리고 불 지르면 그만인 일이 뭐가 어렵겠소. 갑시다."

적풍이 훌쩍 말에 날아올랐다. 그러고는 숲길을 따라 말을 몰기 시작했다. 그러자 쿠샨이 한숨을 쉬며 고개를 저었다.

"이제 보니 아버지보다 더할 수도 있겠어."

　　　　　*　　　　　　*　　　　　　*

깊은 가을이 찾아왔다.

적풍은 북쪽으로 길을 돌아 황하의 탁류를 따라 산서로 내려왔다. 중간중간 배를 탔기에 길은 어렵지 않았다.

쿠샨과 동행하니 외롭지도 않았다. 그러나 그럼에도 불구하고 적풍의 마음은 조급했다.

애초에 스스로 침착하리라 다짐하며 장기적인 계획을 세웠지만 그래도 설루가 지왕종문에 잡혀 있다는 생각은 언제나 그를 조급하게 만들었다.

배를 타고 단풍 든 강줄기를 따라 이동하다 보니 더욱 설루가 그리워지기도 했다.

그러자 갑자기 의문이 들었다.

어머니 유하가 말하기를 아버지 적황은 냉혹한 피를 가진 사람이라고 했었다. 그리고 그 말에 적풍도 동의했었다.

처자식을 버리고 자신의 목표를 위해 떠나 버린 자의 심성이 어찌 냉혹하지 않을 수 있을까.

그런데 그의 아들인 자신은 왜 이렇게 설루에게 집착하는 것인지 이해가 되지 않는 적풍이었다. 아버지 적황의 심성을 이었다면 절대 있을 수 없는 일이다.

"두 가지 피가 섞여서 그런가?"

적풍이 무심하게 중얼거렸다.

"뭐가 말입니까?"

갑작스런 적풍의 말에 쿠샨이 되물었다.

"아니오. 그런 게 있소."

적풍이 고개를 저었다. 그러면서도 내심 다시 생각해 보니 자신이 오직 전마 적황의 피만 이어받은 게 아니라는 사실이 새삼스런 느낌으로 다가왔다.

적풍의 내면에 숨어 있는 이 부드러움은 아마도 유하의 피 때문일 것이다.

'그래서 다행인 거냐, 불행인 거냐?'

스스로에게 물었지만 자신도 답할 수 없는 문제였다.

정이 깊으면 필히 문제가 생기는 것이 세상의 이치다. 그런데 설루에 대한 집착은 적풍답지 않게 지나친 면이 있었다. 이런 기이한 외로운 검행(劍行)을 결정할 만큼.

"흑마검은 여전히 그 움직임을 확인하지 못했습니다. 어쩌면 은밀히 강호행을 하고 있을 수도 있지요."

쿠샨이 긴 침묵 끝에 말했다.

"기름은 구할 수 있겠소?"

"쉽지는 않지만……."

"할 수 있단 말이구려."

"제가 이래 봬도 발이 넓은 편이지요. 원 황실의 수호무사란 자리는 제법 괜찮은 자리라서……."

"비밀스런 자리라고 하지 않았소?"

"그래서 비밀스럽게 아는 문파가 많습니다. 예를 들면 이번에 들르려는 구화방 같은 곳이지요."

"거기서 기름을 구할 수 있소?"

"기름뿐인가요. 염초도 구할 수 있을 겁니다. 이자들은 과거 원의 황족들에게 은밀히 염초와 기름을 공급했지요. 원의 황족들은 내분이 워낙 심해서 그런 무서운 물건들을 서로에게 제법 많이 사용했습니다."

"치열한 싸움이었구려."

"그래서 원이 멸망했지요."

"그런데 그런 구화방이 지금도 건재하단 말이오?"

"세상에 전쟁 중에 이득을 보는 자들이 오직 한 부류가 있는데, 그들이 바로 장사치입니다. 적아의 구분 없이 장사를 하니까요."

"무서운 자들이군."

"대신 세상에 나서지 않지요. 오직 재물만 탐할 뿐……."

"재물을 탐하는 자들은 악마와도 거래를 한다고 하긴 하더 구려."

"어쨌든 덕분에 우리도 기름과 유황을 얻을 수 있지요."

"금자는 충분하오?"

"십자성에서 나올 때 준비해 온 것으로 충분합니다. 그런데… 정말 하실 생각이십니까?"

"아직도 반대요?"

"지나치게 위험한 일이라."

"너무 걱정 마시오."

"대체 그 많은 기름과 유황을 어떻게 혼자 적룡마가에 퍼부으실 생각이십니까?"

"초원에서의 경험을 살려보려 하오."

"초원이오?"

"말도 이십여 필 구해주시오."

"말까지요?"

"말을 몰아 적룡마가를 돌파하겠소. 한 바퀴 돌고 나오면 적룡마가는 불구덩이 속에 있을 거요. 그게 바로 초원의 용사들이 적은 숫자로 많은 숫자의 적을 상대하는 방식이오. 말이야 혼자 몰 수도 있으니까."

"그게… 가능할까요?"

"두고 보면 알 거요."

적풍이 담담하게 대답했다.

과연 쿠샨의 말대로 구화방은 기름과 염초를 내놓았다. 물론 그들에게서 은밀히 물건들을 구하는 데 사용한 금자가 적지 않았으나 재물에 욕심이 없는 적풍에게는 그리 아까울 것 없는 금자였다.

적풍은 구화방에서 구입한 기름과 염초들을 삼십여 필의 말에 나누어 실었다.

제법 손이 많이 가는 일이었지만 공격의 성패를 좌우하는 일이라 꼼꼼하게 하루를 보내며 준비를 한 적풍이었다.

쿠샨은 곁에서 적풍을 도우면서도 여전히 이 계획을 미심쩍어 했다. 그러나 적풍이 결정한 일을 번복할 사람도 아니므로 그 역시 묵묵히 적풍을 도울 수밖에 없었다.

그렇게 하루를 꼬박 숲에서 보낸 두 사람은 준비가 끝나자 말들을 몰아 숲을 벗어났다.

적풍과 쿠샨은 그들이 머물던 숲에서 강변을 따라 적룡마가까지 이어지는 초원으로 말을 몰았다. 누가 보든지 초원에서 말을 기르며 삶을 이어가는 목동들로 보이는 행장이었다.

두 사람은 사람들의 의심을 피하기 위해 가끔 말 떼를 세워 풀을 뜯기면서 전진했다. 그들의 여유로운 이동으로 인해 적룡마가 근처에 이를 때까지 그들을 눈여겨보는 사람은 없었다.

"이쯤에서 좀 쉬시지요."

쿠샨이 멀리 적룡마가의 장원이 보이는 곳에서 말을 세우며 적풍에게 말했다.

"그럽시다."

적풍 역시 휴식을 취해야 할 때라고 생각하고 순순히 말을 멈추고 길에서 벗어났다.

적룡마가는 마치 성을 쌓듯 담장을 쌓아 올려 사방을 막고 있었다. 그 바깥쪽으로는 사방이 초원으로 이어져 있어 적룡마가를 공격하려는 자들의 기습을 불가능하게 만들었다.

그래서 누군가 적룡마가를 공격하려면 정공법으로 그들을

들이치든지, 아니면 적룡마가의 마인들을 밖으로 끌어내 공격하는 방법 말고는 없어 보였다.

"밤이 좋겠지요?"

"화공의 묘미는 역시 밤 아니겠소?"

쿠샨의 물음에 적풍이 대답했다.

"제법 너른 초원입니다… 과연 저들이 접근을 허락할까요?"

"그들의 허락을 받고 불을 지르려는 건 아니잖소?"

적풍이 가볍게 웃으며 대답했다.

그 미소를 본 쿠샨이 더 이상 이번 공격에 대한 말을 하지 않았다. 이미 결심이 선 사람, 그리고 그 공격에 자신도 있는 사람이다.

말린다고 들을 사람이 아니었다. 그의 아버지가 그러했듯이.

적풍은 자정 무렵에 움직였다.

언제나처럼 쿠샨은 뒤에 남았다. 이번만큼은 자신도 따라가겠다는 쿠샨을 적풍은 냉정하리만치 매정하게 뿌리쳐 뒤로 물러나게 했다.

그리고 마치 산보라도 나가는 사람처럼, 기름과 유황을 등에 매단 말들을 몰고 적룡마가를 향해 움직였다.

제5장
화광충천

두두두!

지축을 울리는 말발굽 소리가 은은히 들려옴에도 적룡마가는 쉽게 잠에서 깨어나지 않았다.

가끔 길 늦은 목동들이 이곳이 적룡마가의 땅임을 모르고 밤늦게 급히 말을 몰아가는 경우가 있기 때문이었다.

그 소리가 오랫동안 지속되면 적룡마가의 마인들이 나가 목동들을 치도곤 내기도 했지만 거의 대부분은 이각을 넘기지 않고 먼 곳으로 떠나가기에 그냥 내버려 두는 편이었다.

그래서 오늘 밤도 그들은 갑작스런 말의 이동에 그리 큰 관심을 두지 않았다.

하지만 그들은 모르고 있었다. 그 무관심이 가져올 처참한 결과를!

"저거… 뭐지?"

먼 곳에서 시작된 말발굽 소리가 순식간에 가까워지고, 어둠이 내린 들판에서 홀연히 나타난 한 떼의 말 무리가 장원을 향해 돌진해 오고 있는 것을 발견하고 나서야 적룡마가의 마인들이 의심을 품었다.

적이 아니라면 세상의 어느 누구도 이런 식으로 말을 몰아오지 않는다.

"일단 막아. 그리고 어느 놈이 저따위 맹랑한 짓거리를 하는지 알아보자고!"

장원의 경비를 책임지고 있는 두충이란 자가 소리쳤다.

그러자 두충 아래에서 오늘 밤 정문을 지키는 번을 서던 자 중 다섯이 도검을 빼 들고 정문 앞길을 가로막았다.

"서라!"

정문을 막아선 자들 뒤에서 두충이 호령했다.

그러나 그들을 향해 질주하는 말들은 전혀 멈출 기색을 보이지 않았다. 그렇다고 말을 몰아오는 자들이 보이지도 않았다. 마치 야생마가 길을 잘못 든 것처럼 말들은 스스로 적룡마가를 향해 질주하고 있었다.

"제길! 어떻게 된 거야!"

두충이 말을 몰아오는 자를 찾지 못하자 당혹한 표정으로 중얼거렸다.

"말들을 모두 죽입니까? 아니면 일단 문을 닫고 안으로 들어

갈까요?"

말을 몰아오는 자가 있으면 벨 수 있다. 그러나 사람이 보이지 않으니 말들의 걸음을 멈추려면 말을 모두 베야 한다.

"젠장, 장원 앞을 짐승들 피로 물들일 수는 없어. 그랬다간 가주께 큰 벌을 받을 거다. 일단 문을 닫고 안으로 들어가자. 길이 막히면 딴 곳으로 가겠지."

두충의 명에 검을 뽑아 들었던 자들이 도검을 거두고는 급히 문 안쪽으로 들어선 후 문을 걸어 잠갔다.

그사이 두충은 훌쩍 몸을 날려 정문 위 성의 망루처럼 만들어놓은 곳으로 올라가 말 떼의 움직임을 살폈다.

그런데 기대와 달리 말들은 문이 닫혔음에도 다른 쪽으로 방향을 틀지 않고 그대로 적룡마가를 향해 달려왔다. 더군다나 이제는 초원을 벗어나 적룡마가를 향해 잘 정리된 길을 따라 달리기 시작해서 그 속도가 훨씬 빨라졌다.

"저놈들이 미쳤나? 이대로 담벼락에 부딪혀 모두 죽을 생각인가?"

두충이 눈살을 찌푸렸다. 사실 말 떼야 죽든 말든 그가 상관할 바는 아니다. 그러나 만약 그로 인해 담장이 허물어지면 윗사람으로부터 싫은 소리를 들을 수도 있었다.

"제길, 귀찮게 생겼어… 하지만 어쩔 수 있나. 크게 부서지지 않길 바라야지."

질풍처럼 밀려드는 말 떼를 이제 와서 다른 곳으로 보낼 수도 없었다.

두충이 눈살을 찌푸리며 이 기이한 말 떼의 돌진을 바라봤다. 그런데 한순간 그의 눈이 번쩍였다.

"저… 저건!"

분명 사람이었다.

말 떼 중간에서 사람 그림자가 말 등으로 솟구쳐 오르는 것이 보였다. 필시 그동안은 말허리에 매달려 자신들의 시선을 피한 것이 분명했다. 그렇다면 이건 공격이다!

"젠장! 사람이 있어. 모두 준비해!"

두충이 망루 아래를 보며 소리쳤다. 그러자 적룡마가의 마인들이 어리둥절한 표정을 짓다가 이내 사태를 깨닫고는 저마다 도검을 뽑아 들었다.

"미친놈! 본 가에 원한이 있나 보군. 하지만 그렇다고 지 놈이 어쩔 거야. 문은 닫혔고 담장은 성벽처럼 든든한데……. 그나저나 놈을 살려 보낼 수는 없으니 나도 준비를 해야겠군."

두충이 급히 망루 아래로 내려갔다. 그리고 문 뒤에서 도검을 빼 들고 있는 수하들을 보며 말했다.

"겨우 한 놈이야. 놓치면 안 돼. 무슨 일이 있어도 잡아야 해. 놓쳤다가는… 알지?"

"물론입니다."

두충의 수하들이 고개를 끄떡였다.

침입자를 놓쳤다가는 적룡마가에서 쫓겨나는 정도로 끝나지는 않을 것이다.

뇌옥에 갇혀 몇 달을 고생한 후에야 팔다리가 병신이 되어 적룡마가에서 버려질 것이 분명했다. 가주 흑마검 눌언의 잔혹성은 세상이 다 알고 있었다.

"좋아, 그럼 준비해. 말들이 방향을 트는 즉시 나가서 놈을 잡는다."

"예, 조장!"

두충의 수하들이 일제히 대답했다.

어느새 말들이 정문 바로 앞까지 다가왔음이 느껴졌다. 말발굽 소리에 그들이 서 있는 땅까지 흔들렸다.

두충과 그 수하들이 입술에 침을 바르며 문을 열고 뛰어나갈 준비를 했다. 그런데 그 순간 그들이 전혀 예상하지 못했던 일이 벌어졌다.

콰앙!

벼락이 문에 떨어진 것 같은 소리가 터져 나왔다. 동시에 웬만한 성(城)의 성벽보다 단단한 적룡마가의 정문이 박살 나며 그대로 두충과 그 수하들을 덮쳤다.

콰르르!

정문과 이어진 담장까지 한 번에 무너지며 순식간에 장내가 아수라장이 됐다.

"뭐냐?"

"어떻게 된 거야?"

자욱한 먼지 때문에 근방을 밝히던 불빛조차 힘을 잃었다. 적룡마가 마인들의 당황한 목소리가 여기저기서 튀어나왔다.

그런데 그게 전부가 아니었다.

두두두!

정문과 담장이 무너지자 말 떼가 그대로 무너진 담을 뛰어넘어 적룡마가로 난입했다. 그러고는 미처 앞을 막을 사이도 없이 그대로 적룡마가의 장원 안쪽을 향해 질주하기 시작했다.

"막앗!"

두충의 처절한 외침이 터져 나왔지만 이미 말 떼는 장원 깊숙한 곳으로 질주하기 시작했다.

적풍은 말 등에서 어린애 머리만 한 기름통을 꺼내 들고 미리 준비해 두었던 심지에 불을 붙여 사방으로 던졌다. 동시에 유황까지 던져 대니 유황과 기름이 떨어진 곳마다 커다란 폭음과 함께 순식간에 불길이 치솟아 올랐다.

두두두!

말들은 거침이 없었다. 무서운 속도로 질주하는 말 떼 앞에서는 적룡마가의 고수들 역시 감히 앞을 막지 못했다.

그렇게 일각여를 헤집고 다니자 이제 적룡마가 곳곳에서 불길이 타오르기 시작했다.

"물을 가져와!"

"어서 불을 꺼!"

잠들어 있던 적룡마가의 마인들이 벌 떼처럼 달려 나와 불길을 잡으려 했으나 이미 커져 버린 불길은 사람의 통제를 벗어나 버렸다.

기름을 뿌려 지른 불이라 물을 부어도 쉽사리 꺼지지도 않왔던 것이다.

"놈을 잡앗!"

불을 끄는 것을 포기한 자들은 여전히 말 떼를 몰며 장원에 불을 질러대는 적풍을 발견하고는 도검을 빼 들고 적풍을 잡기 위해 달려들었다.

그러나 폭풍처럼 몰아치는 말 떼를 비집고 들어와 적풍을 공격할 수 있는 고수는 그리 많지 않았다.

가끔 말 떼를 뛰어넘어 적풍에게 날아드는 자가 있기도 했지만 그자들이 만난 것은 사자같이 난폭한 적풍의 청룡검이었다.

적풍의 청룡검이 번뜩일 때마다 애써 말 떼를 날아 넘어 적풍에게 다가온 적룡마가의 마인들이 허무하게 죽어갔다.

어느덧 말 등에 싣고 온 기름과 유황이 모두 떨어졌다. 그러나 적풍은 쉽게 적룡마가를 떠나지 않았다.

그는 여전히 말 떼를 몰며 적룡마가의 장원을 질주했다. 몇 년간 북방의 단웅족에 머물며 익혔던 기마술은 제법 유용했다.

어지럽게 이어진 적룡마가의 건물 사이 길들을 적풍은 별 어려움 없이 질주했다.

가끔 길이 곧으면 아예 말 등에 올라서서 불타는 적룡마가를 바라보기도 했다.

"좋구나!"

적풍이 말 등에 서서 중얼거렸다. 자신도 모르게 흘러나온 말이다.

불타는 대지를 보며 적풍은 뭉클거리는 흥분을 느꼈다. 그때 만큼은 그 혼자가 아니라 십자성의 모든 고수를 데려와 적룡마 가를 이 불길처럼 밀어버리고 싶은 욕구가 일어났다.

그러던 한순간 말 등에 태산처럼 서 있던 적풍이 그대로 주 저앉았다.

"젠장할!"

적풍의 입에서 욕설이 흘러나왔다. 갑자기 그 자신이 좀 전 에 느꼈던 그 패도적인 생각이 역겹게 느껴졌다.

"피는 어쩔 수 없나? 역시… 신혈이 아니라 이골마족이었 나?"

적풍이 스스로에게 물었다.

세상 사람들이 신혈족을 두려워하고 또한 그들을 이골마족 이란 말로 경멸하며 부르게 된 것은 역시나 아버지 전마 적황 의 영향이 컸다.

그 이전까지야 이 특별한 체질을 지닌 자들이 존재한다는 것을 아는 사람들도 이들을 강호의 큰 위협으로 생각지는 않 았다.

신혈족 스스로도 자신들의 특별한 재능을 세상에 드러내려 하기보다는 감추려 했다.

물론 월문의 존재가 신혈족 사이에 전해지기 때문이기도 했 지만, 사실 진정한 이유는 그들 자신의 처지를 누구보다 스스 로 잘 알고 있기 때문이었다.

이 세상에서 신혈족은 이방인 같은 존재였다. 그 어떤 집주인도 손님에게 주인 자리를 내주지 않는다.

싸운다면 신혈족은 백전백패, 멸족을 당할 수도 있었다. 아무리 신혈족의 피가 놀라운 재능을 지니고 있다 해도 크게 보면 세상에서 그저 한 줌 모래도 되지 않는 숫자였다.

그리하여 세상의 눈으로부터 숨어 죽은 듯 살아가던 그들의 존재가, 아버지 전마 적황의 그 화려한 질주의 시간, 검은 사자들의 시간을 겪으며 두려움의 존재가 되고 말았다.

그 결과는 얼마나 혹독했던가. 그 시간이 오늘날 이골마족이 사냥당하며 이렇게 굴욕과 고난을 겪게 된 원인이었다.

그런데 오늘 적풍은 왜 아버지가 그렇게 질풍처럼 세상을 질주했는지, 세상을 공포로 몰아넣은 광폭한 행보로서 일곱 개의 보물을 취하려 했는지 어렴풋이나마 깨닫게 되었다.

그건 아마도 전마 적황조차도 억제하지 못했던 패도의 기운 때문이었을 것이다.

이 불타는 장원에서 적풍이 느끼는 이 강력한 쾌감을 전마 역시 참지 못했던 것이 아닐까.

그런 생각이 들자 문득 절망감이 느껴졌다. 그 스스로 전마 적황의 길을 걷지 않을 수 있으리란 자신이 없었다.

설루를 지왕종문에서 데려 나오기 위해 이 길을 가고 있다고 생각했지만, 자신도 모르게 그 모든 일을 혼자의 힘으로 해낼 수 있다는 은밀한 쾌감을 즐기고 있었던 것이다.

"그만 가자!"

적풍이 스스로에게 말했다.

그러고는 말 떼를 정문으로 몰기 시작했다.

두두두!

말 떼도 자신들이 이제 이 화마의 땅에서 벗어난다는 것을 알았는지 좀 더 힘을 내 달리기 시작했다.

그런데 그 즈음 적룡마가의 정문 쪽 사정이 처음과 많이 변해 있었다.

일이 생기면 집주인들은 가장 먼저 문으로 달려오게 마련. 무너진 적룡마가의 정문에는 이미 수많은 마인이 모여 있었다.

"모두 죽여 버렷!"

정문에 나와 선 자 중 멀리서도 느낄 수 있는 강력한 살기를 드러낸 초로의 노인이 소리쳤다.

그러자 그의 주변에 늘어서 있던 적룡마가의 마인들이 일제히 검을 빼 들고 말 떼를 향해 달려들기 시작했다.

"드디어 나선 건가?"

상념은 한순간에 사라졌다.

적이 나서자 다시금 적풍의 마음속에서 투기가 솟구쳤다. 그건 마치 여름날 한 줄기 시원한 소낙비를 맞는 그런 느낌이었다. 싸움 속에서 적풍의 몸과 머리는 가장 생생하게 깨어나고 자유로워지는 것이었다.

"운명이라면 생긴 대로 사는 거지!"

적풍이 머릿속의 상념을 완전히 털어냈다.

그리고 청룡검을 높이 들었다.

적풍이 말 등에 올라서는 듯싶더니 갑자기 앞으로 달려 나갔다. 그의 발이 두어 마리의 말 등을 밟는 사이 어느새 그는 말 떼 가장 앞쪽에 도달해 있었다.

그의 눈앞으로 적룡마가의 고수들이 밀려들었다.

파팟!

적풍이 허공에서 청룡검을 짧게 여러 번 끊어 쳤다. 그러자 여러 개의 가닥으로 끊겨진 검초들이 마치 화살처럼 달려드는 적을 향해 날아갔다.

퍼퍽!

화살처럼 날아드는 적풍의 검기에 말 떼를 도륙하려고 뛰어들던 적룡마가의 마인들이 오히려 도륙당했다.

화살에 맞은 새처럼 적들이 떨어져 내리는 것을 보던 적풍의 시선이 강렬한 살기를 뿌리는 초로의 노인에게로 향했다.

노인은 자신의 수하들이 속절없이 꺾이는 것을 보고 있다가 크지 않은 목소리로 물었다.

"정체가 뭐냐?"

노인의 물음에 적풍이 노인 앞에 내려서며 되물었다.

"적룡마가의 가주?"

"그렇다. 내가 바로 눌언이다!"

"생각지 않은 대어(大漁)군!"

적풍은 적룡마가를 공격하면서 가주인 흑마검 눌언을 만나지는 못할 거라고 생각하고 있었다.

눌언이 적룡마가 깊은 곳에 칩거해 있어 마가가 멸문의 위기에 처하지 않는 이상 밖으로 나오지 않을 거라고 생각했기 때문이었다.

그런데 그가 모습을 드러냈다. 적풍으로선 반가운 일이 아닐 수 없었다. 그가 이렇게 나올 줄 알았으면 애써 적룡마가를 불태우는 짓 따위는 하지 않았을 것이다.

"목을 가져가겠다!"

적풍의 말이 채 끝나기도 전에 그의 검이 눌언의 목을 쳤다. 그러나 눌언 역시 강호 절대마문의 주인이다. 선 채로 적에게 자신의 머리를 내줄 자가 아니었다.

"놈!"

눌언이 한순간 뒤에서 누가 잡아끄는 것처럼 물러났다.

쾅!

적룡의 청룡검에 머물렀던 검기가 무너진 담장을 재차 가격해 가루로 만들었다.

순간 적풍의 왼쪽 위에서 거대한 검기의 그물이 그를 덮쳤다.

검고 강력해 보이는 검기의 그물들은 빠르게 회전하고 있었는데 그야말로 모든 것을 그 검기 안으로 끌어들일 것 같은 흡입력을 가지고 있었다.

이 초식이야말로 오늘날 눌언을 적룡마가의 주인으로 만든 그의 독문무공 흑마검이다.

적풍은 한순간 서늘한 기분이 들어 훌쩍 뒤로 물러났다. 그러자 그의 발아래 있던 무너진 담장의 잔재들이 허공으로 떠올라 눌언의 검기 안으로 빨려 들어갔다.

"퍼퍽!"

눌언의 흑마검에 빨려간 잔재들은 산산이 부서져 가루가 되어서야 땅에 떨어졌다. 그 검기에 휘말리면 어떤 일이 일어나는지 여실히 보여주는 장면이었다.

적풍이 진중하게 검을 가슴 높이로 들어 눌언을 겨눴다. 그러고는 온몸의 진기를 끌어 올리면서 검을 그의 머리 위로 들어 올렸다.

"흑마검의 무서움을 모르는 놈이구나!"

자신을 정면으로 상대하려는 적풍을 보며 눌언이 나직한 비웃음을 흘렸다.

"너도 날 모르지."

적풍이 눌언이 듣지 못할 정도로 나직하게 말했다. 그러고는 그의 진기와 신력이 깃든 청룡검을 그대로 눌언의 흑마검 속으로 떨쳐 냈다.

"콰릉!"

구름과 구름이 만나 번개를 만들듯 흑마검의 검기와 격돌한 청룡검의 검기가 벽력을 만들어냈다. 진천벽력검의 온전한 위력이 고스란히 드러난 모습이다.

"욱!"

누군가의 입에서 나직한 신음이 흘러나왔다.

그리고 타오르는 불빛을 타고 검은 핏줄기가 뿜어졌다.

"가주님!"

적룡마가의 고수 중 눈 밝은 자들이 비명 같은 소리를 내지르며 흑마검 눌언을 향해 달려들었다.

개중 일부는 적풍과 눌언 사이를 몸으로 뚫고 들어왔다. 자신의 목숨은 아랑곳하지 않는 모습이다.

순간 적풍이 훌쩍 허공으로 날아올라 막 장내를 관통하고 있는 말 떼 위로 올라섰다.

"좋은 수하를 두었구나. 목숨을 던져 주군을 구하다니! 오늘은 이쯤에서 돌아간다. 그러나 향후 지왕종문과 같은 극악한 무리와 뇌동하여 강호를 어지럽힌다면 그땐 나 천무객이 다시 돌아오리라!"

적풍의 경고가 끝났을 때 말들은 이미 무너진 담장을 넘어 적룡마가로부터 멀어지고 있었다.

"쫓아라!"

적룡마가의 고수 중 누군가가 소리쳤다. 순간 한쪽 어깨를 부여잡고 있던 눌언이 급히 입을 열었다.

"추격하지 마라!"

"가주?"

추격을 명했던 적룡마가의 고수가 놀란 표정으로 눌언을 봤다.

평소의 눌언이라면 지옥 끝까지라도 쫓아가 복수를 하란 명을 내릴 사람이다. 그런데 그런 그의 입에서 적을 추격하지 말라는 소리가 나왔으니 당황스러울 수밖에 없었다.

"너희가 감당할 수 없는 자다!"

"가주……."

적룡마가 마인들이 눌언의 말에 눈을 크게 뜨며 놀랐다. 이렇게 순순히 적을 인정하는 눌언의 모습은 그간 본 적이 없었다.

"제길!… 한 팔은 잃은 건가?"

수하들의 추격을 중지시킨 눌언이 욕설을 뱉어내며 신형을 일으켰다. 그제야 적룡마가의 마인들은 볼 수 있었다. 눌언의 오른팔이 그의 검과 함께 사라졌음을……

"가… 가주! 이봐라, 어서 의원을 불러와!"

"됐다. 호들갑 떨 거 없다. 그보다… 장원을 수습하라. 끌 수 있는 불은 끄고… 타지 않은 물건들은 보호해라. 그리고… 지왕종문에 사람을 보내. 적룡마가에도 천무객이 왔다고! 젠장! 이번에 알 수 있겠지. 염화마군을 믿고 따를 수 있는지 없는지. 그가 천무객을 잡으면 계속 지왕종문을 따르겠지만 이번에도 방치한다면 그땐……"

눌언이 차가운 안광을 쏟아냈다.

"이번에도 역시 무사히 다녀오셨군요."

적풍이 초원 끝에 있는 작은 숲으로 돌아오자 쿠샨이 반가운 얼굴로 그를 맞았다.

두두두!

적룡마가를 휩쓸고 돌아온 말들이 두 사람을 스치고 지나쉬지 않고 질주하더니 이내 초원 저쪽으로 사라졌다.

이미 쓸모가 다한 말 떼를 붙들고 있을 이유는 없다. 혹시라도 추격이 있다면 말 떼가 적들을 혼란스럽게 만들기도 할 것이다.

물론 추격을 두려워할 적풍은 아니지만 지왕종문으로 가야 하는 그에게 추격자들이 붙는다면 제법 골치 아픈 일이 생길 수도 있었다.

"갑시다."

쿠샨을 만나자 마자 적풍이 길을 재촉했다.

"알겠습니다. 가시지요."

쿠샨도 서둘러 이 지역을 벗어나야 한다는 것을 알고 있었기에 앞장서서 길을 열었다.

"그런데 그는 만나셨습니까?"

바쁘게 걸음을 옮기며 쿠샨이 물었다.

"누구 말이오?"

"적룡마가의 가주 말입니다."

"눌언 그자 말이오? 만났소."

"겨뤄보셨습니까?"

"팔 하나를 잘랐소."

"아……!"

짐작은 했지만 과연 적풍이란 생각을 하는 것 같았다. 그 와중에 흑마검 눌언의 팔을 자르고 왔다니 대단한 일이 아닐 수 없었다.

"특이한 무공을 쓰더구려."

"흑마검 말이군요?"

"처음 상대하는 사람은 해법을 찾기 어렵겠더이다."

"어찌 상대하셨습니까?"

"풀기 어려운 매듭은 끊으면 되오."

"하하, 힘으로 자르셨군요."

"맞소. 그런데 왜 웃소?"

"주군다워서 말입니다. 바로 그런 모습이 십자성의 문도들이 좋아하는 성주님의 모습이지요. 사자와 같은 기도로 적을 압도하는 힘… 그 모습… 아버님과 같은 것이라는 걸 아십니까?"

쿠샨이 물었다.

"짐작은 하고 있소. 그래서… 잠깐 우울했었소."

적풍의 말에 쿠샨이 고개를 저으며 말했다.

"너무 걱정 마십시오. 비슷하기는 해도 분명 다르니까요. 그래서 끝도 다를 것입니다."

"그렇소?"

"분명 그러실 겁니다."

"부디 나도 그러길 바라겠소."

적풍이 진심을 담은 목소리로 대답했다.

＊　　　　＊　　　　＊

모악은 염화마군에게 법사로 불렸다. 그 모습이 설루와 천의 비문 문도들에게는 이상하게 보였다.

누가 봐도 절간 문턱에도 가보지 않은 사람 같아 보였기 때문이었다. 냉소적이고 우울하며 무척 신경질적으로 보이는 이 중년의 사내는 절대 선도나 불법을 수련한 사람 같지 않았다.

"선기라고는 한 줌도 없거늘!"

유취려는 특히 모악을 마음에 들어 하지 않았다. 그와 비밀스런 맹약을 맺고는 있었지만 그럼에도 불구하고 유취려는 모악을 사악한 동물을 보듯 대했다.

모악은 그런 유취려의 반응을 오히려 재미있어 했다. 그는 마치 세상의 모든 이치와 비밀을 아는 자처럼 여유 있게 굴었다.

기이한 것은 또 있었다.

그가 깨어난 것은 분명 지왕종문에 큰 기쁨이어야 했지만 정작 염화마군 철륵은 왠지 모르게 꺼림칙한 태도를 보일 때가 있었다.

그런 염화마군의 행동을 보고서야 설루와 천의비문의 문도들은 오히려 모악과의 거래를 신뢰할 수 있게 되었다.

모악은 가까이 두기엔 꺼려지는 인물이지만 적어도 그가 제안한 거래가 천의비문의 문도들을 시험하기 위한 것이 아님을 확신할 수 있었기 때문이었다.

모악이 깨어난 이후 염화마군 철륵의 석실 출입은 더 빈번해졌다. 그는 모악이 깨어났는데도 다른 자들은 여전히 잠들어 있는 것을 초조해하는 듯 보였다.

그래서인지 평소 거의 말이 없던 철륵이 관 속의 청년과 사람들이 깨어날 수 있냐는 질문을 여러 번 묻곤 했었다.

그럴 때마다 유취려의 대답은 한결같았다.

"진인사대천명!"

단지 최선을 다할 뿐이라는 대답은 철륵의 마음에 들지는 않았지만 그렇다고 철륵이 유취려와 천의비문 의원들에게 하루빨리 이자들을 살려내라고 닦달하지는 않았다.

그 역시 유취려를 자주 보면서 이 신비한 의술의 지닌 여고수가 협박이나 겁박으로 다뤄질 인물이 아니라는 것을 깨달았기 때문이었다.

철륵만큼 모악도 석실에 자주 들렀다. 아니, 그는 하루 중 반 시진은 반드시 석실에 머물렀다.

그리고 그때마다 면밀하게 청옥관 속 청년의 상태를 묻고 살폈다.

"향을!"

유취려가 모든 관의 뚜껑이 열리자 말했다. 천의비문의 문도들이 유취려의 명에 따라 준비했던 향들을 피우기 시작했다.

"돌아눕혀라!"

다시 유취려가 말했다.

천의비문의 문도들이 관 속 사람들을 하나씩 옆으로 돌려 눕혔다. 이는 오랫동안 관 속에 누워 있는 자들의 등창을 방비하는 일이지만 사실 거의 의미 없는 일이기도 했다.

왜냐하면 그들이 누워 있는 청옥관에 냉기가 충만하기도 했지만, 그들의 등이 청옥관 바닥과 약간의 공간을 두고 떠 있기 때문이었다. 투명하고 가는 줄로 만든 망이 관 속 사내들의 몸을 받치고 있어 가능한 일이었다.

그들을 받치고 있는 투명한 줄에 대해선 천의비문의 문도들도 무척 궁금해했다. 그 정체를 두고 여러 날 동안 의견을 나누기도 했었다. 그런데 그 궁금증은 모악이 깨어나면서 금세 풀렸다.

투명한 줄로 병자들을 받치는 망을 만든 것이 바로 모악 그 자신이었기 때문이었다.

모악은 그 망이 세상에서 다시 구하기 힘든 거미줄로 만들었다고 했었다.

"침을!"

관 속에 들어 있는 사람들을 모두 돌려 눕히자 유취려가 다시 지시했다. 그러자 천의비문의 문도들이 각자 하나씩 관을 맡아 그 안에 누워 있는 자들에게 침을 놓기 시작했다.

설루 역시 한 명의 관 속 인물에게 침을 놓기 시작했는데 그녀가 시침한 사람은 관 속 인물들에 섞인 두 명의 여인 중 한 명이었다.

유취려는 지왕종문의 수뇌들이 소주라고 부르는 청년에게 직접 시침했다.

"그 침 역시 특별한 거요?"

문득 석실 입구에서 모악의 목소리가 들렸다. 언제부턴지 모악이 석실에 와 있었던 것이다.

하지만 으레 있었던 일이라 유취려나 천의비문의 문도들은 놀라지 않았다.

"아니오."

유취려가 차갑게 대답했다.

"그럼 언제 그 대단한 침을 쓸 거요?"

모악이 물었다.

그는 봉황침에 대해 알고 있었다. 그 자신이 복용한 영약이라는 것이 봉황침을 통해 자신의 몸속에 들어왔다는 것을 유취려가 말해주었기 때문이었다.

봉황침에 대한 존재를 말해준 것은 관 속 청년을 다루는 일 때문이었다.

모악은 청년을 깨우되 그 힘을 제약하기를 원했다. 그래서 그가 깨어났을 때 지왕종문의 주인으로서 막강한 권력을 행사하거나, 혹은 그 포악한 성정으로 인해 그 자신은 물론 강호를 무자비한 혈난의 구렁텅이에 빠뜨리는 것을 막자는 것이 그의 의견이었다.

나쁘지 않은 생각이었다.

물론 모악이 유취려만 믿고 있는 곳은 아니었다.

그는 미청년이 깨어날 경우를 대비해 그만의 특별한 방책을 강구하고 있는 것 같아 보이기도 했다. 그게 뭔지는 알 수 없으나 모악 같은 인물이 준비하는 것이라면 무척 정교한 계책일 것이다.

그러나 그래도 가장 확실한 것은 청년의 몸 그 자체를 제약하는 일이었다. 그래서 모악은 청년의 사지 혹은 그 어딘가를 불구로 만들자는 위험한 제안까지 했던 것이다.

그러나 유취려는 청년을 불구로 만들자는 모악의 제안만은 승낙하지 않았다. 이유는 의원으로서 어떤 자를 치료하더라도 최선을 다해야 한다는 천의비문의 문규를 지켜야 하기 때문이라고 했다.

그러나 사실 그 이유는 핑계에 지나지 않았다. 유취려가 모악의 제안을 거절한 진짜 이유는 청년을 통제하는 열쇠를 모악이 아닌 그녀 스스로 가지고 있으려했기 때문이었다.

그런 목적을 위해 모악에게 천의비문의 오랜 비기, 봉황침의 존재를 밝히기까지 한 유취려였다.

모악은 봉황침에 대해 예민한 관심을 보였다. 그가 하루가 멀다 하고 석실을 찾아오는 이유 중 하나는 봉황침의 실체와 유취려가 봉황침을 시침하는 모습을 직접 보고 싶기 때문이었다.

어쩌면 모악은 봉황침의 실체를 봄으로써, 그 자신이 유취려에게 당한 제약을 해소할 수 있는 방법을 찾으려 하는지도 몰랐다.

"그건 내가 결정할 문제가 아니오."

봉황침을 시침할 시기를 묻는 질문에 유취려가 냉정하게 대답했다.

"무슨 말이오? 그대에게 봉황침이 있지 않소?"

"이 사람을 깨우는 시기는 그대가 결정하기로 하지 않았소?"

유취려가 되물었다.

"아, 그런 말이군. 그럼 지금이라도 봉황침을 시침할 수 있단 뜻이오?"

"그렇소. 지금 하면 되겠소?"

유취려가 다시 물었다. 그러자 모악이 급히 고개를 저었다.

"아니, 아니오. 아직은 때가 아니오."

"아직 준비가 덜 되었소?"

"준비……?"

"그대가 단지 나에게 의지해 이자를 통제하려 하지는 않을 것 같아서 말이오."

"후후, 역시 화수시오. 맞소. 아직 난 준비가 덜 됐소."

"그럼 준비가 끝나면 말하시오. 언제라도 이자를 깨워주겠소. 아마… 시침을 하면 삼 일 후에 깨어날 거요."

"알겠소. 난 그대만 믿겠소."

"난 당신을 믿지 않소."

유취려가 차갑게 대답했다.

"하하하! 과연, 과연… 맞는 말이오. 사람을 어찌 믿을까! 후후후!"

모악이 호탕한 웃음을 터뜨렸으나 그 끝은 마치 자조하는 것 같은 웃음이다.

그런데 그때 문득 석실 입구 먼 쪽에서 누군가의 발걸음 소리가 들렸다.

두 사람이 하던 말을 멈추고 발소리의 주인을 기다렸다.

"법사님!"

석실 입구에 나타난 자는 삼십 대 중반의 사내였다. 얼마나 급하게 달려왔는지 얼굴이 벌겋게 상기되어 있었다.

"무슨 일이냐?"

"마군께서 찾으십니다."

"마군께서? 아침이 뵈었는데……?"

모악이 고개를 갸웃했다.

"그것이… 아무래도 강호의 상황이 심상치가 않습니다."

"그게 무슨 소리냐?"

"적룡마가가 불탔답니다."

"적룡마가가?"

모악이 눈을 치떴다.

"그렇습니다. 방금 전 적룡마가에서 사람이 왔습니다."

"누구냐? 북두회라더냐?"

"그건 아닌 것 같습니다."

"그럼 누가 감히 적룡마가를 공격했단 말이냐?"

"자세한 것은 모르오나 그… 천무객이라는 자가……."

"천무객! 또?"

모악이 눈살을 찌푸리며 물었다.

"그리 들었습니다."

사내가 대답했다.

"적룡마가의 가주는?"

"살아는 있답니다."

"그런데도 적룡마가가 불탔다? 기이한 일이군."

"자세한 것은 적룡마가에서 온 자를 만나보시면 아실 겁니다."

"알겠다. 화수, 내일 뵙겠소!"

모악이 급히 유취려에게 작별을 고하고 석실을 떠났다.

"천무객이라. 누굴까?"

모악이 석실을 떠나자 유취려가 고개를 갸웃하며 중얼거렸다.

"모르는 사람이세요?"

"글쎄다. 기억에 없구나."

"스승님께서도 모르신다면 아마도 강호에 나오지 않았던 사람인가보네요."

"그건 것 같구나. 혹은… 이름을 숨기고 싶은 사람일 수도 있지."

"북두회가 배출한 인물이 아닐까요?"

유온이 조심스레 물었다.

"그럴 수도 있지. 어쨌든 천무객이란 사람의 출신이야 어쨌든 지왕종문을 곤란하게 만드는 자가 출현했다는 것은 강호에 심상찮은 바람이 불 징조. 비문의 안위가 걱정이구나."

유취려가 걱정스런 표정으로 중얼거렸다.

＊   ＊   ＊

"어서 오게."

염화마군 철륵이 평소의 그답지 않게 우울한 얼굴로 모악을 맞이했다. 고개를 살짝 숙여 보이는 모악의 입가에 다른 사람이 볼 수 없는 작은 미소가 지어졌다.

"어찌 된 일입니까?"

모악이 고개를 들며 심각한 얼굴이 되어 물었다.

"미꾸라지 한 마리가 종문의 문전을 어지럽히고 있네."

철륵이 대답했다.

"듣자 하니 천무객이란 자라던데 아직 그 정체를 파악하지 못했습니까?"

"아직은… 알 수 없네."

철륵이 하기 싫은 대답을 하는 듯한 표정으로 말했다.

"우려할 일입니다."

"그렇게 생각하는가?"

"천무객이란 자는 사실 그리 중요한 게 아닙니다. 그자야 사냥하려면 언제든 할 수 있지요. 그러나… 그자가 만들어가는 상황이 너무 좋지 않습니다. 흑룡채에 귀도문, 그리고 적룡마가까지… 이대로라면 지왕종문의 그늘에 들어온 자들이 스스로 종문을 떠날 수 있습니다. 한 번이라면 모를까, 안전하지 않은 그늘에 머물 사람은 없습니다."

"그렇겠지."

철륵이 고개를 끄떡였다.

"추살대를 보내시지요?"

"역시 그래야겠지? 더 이상은 날뛰지 못하게 해야 해."

"그렇습니다. 삼장 중 하나를 보내시면……."

"음… 냉정하게 말해보게. 삼장으로 감당할 수 있겠는가?"

"그를 보지 않고서야 판단할 수 없는 일이지요."

모악이 대답을 회피했다.

"그게 바로 문제야. 그 천무객이란 자가 생각보다 강한 자라면, 그래서 혹여라도 삼장 중 하나라도 잃게 된다면 그땐… 기껏 만들어놓은 지왕종문을 포기해야 할 수도 있네."

"그런 일은 없어야지요."

모악이 고개를 저으며 말했다.

"그래서 말인데… 내가 가봐야겠네."

"마군께서 직접 말입니까?"

"그게 확실하지."

"하면 이곳의 일은 어쩌시렵니까? 다른 마군들과 소주를 깨우는 일은 무엇보다 중요한 일이 아닙니까?"

"그래서 법사를 부른 거네. 내가 없는 동안 그대가 이곳의 일들을 맡아줘야겠어."

염화마군이 말했다.

"이제… 절 쓰시겠습니까?"

사실 그간 염화마군 철륵은 무슨 이유에선지 깨어난 모악을 지왕종문의 일에 관여시키지 않았었다.

"언제 쓰지 않겠다고 했나? 단지 그동안은 그대에게 몸을 추스를 시간을 주었던 것뿐이야."

철륵이 말했다.

"그렇다면 감사한 일입니다. 그리고 이젠 저도 마군의 명을 따를 준비가 되었습니다."

"한 가지 말해둘 게 있네."

"하명하십시오."

"돌아왔을 때 소주나 혹은 잠든 마군들에게 문제가 생겼다면 그땐… 그대가 책임져야 할 거야."

"물론 그 정도는 각오해야겠지요."

"좋아. 그럼 지금 즉시 일을 시작하게. 지위는 비어 있는 총관 자리, 지왕의 직계를 제외하고는 종문의 모든 문도를 마음대로 부릴 수 있네."

"알겠습니다."

모악이 고개를 숙이며 대답했다. 고개 숙인 그의 입가에 다시 한 줄기 미소가 지어졌다.

제6장
우다문

탁류가 길을 막았다. 적풍이 걸음을 멈췄다. 북쪽에 큰 비가 내려 황하는 세상을 밀어버릴 듯이 광폭하게 흐르고 있었다.

그렇다고 건너지 못할 것은 아니어서 오랜 세월 황하에서 뱃일을 해온 노련한 뱃사공들은 이런 탁류에도 배를 띄우고 손님을 기다리고 있었다.

그런 그 강 앞에서 적풍의 생각이 변했다.

"안 건너시겠다고요?"

쿠산이 곤혹스런 표정으로 물었다. 적풍이 고개를 끄떡였다.

"하면 어디로……?"

본래의 계획대로라면 황하를 넘어 북두회와 지왕종문 간의 세력 대결이 팽팽하게 이뤄지고 있는 장안으로 들어갈 생각이었다.

장안에 들어가 지왕종문의 첨병 역할을 하고 있는 벽력문을 공격함으로써 지왕종문을 크게 흔들어놓고 난 이후에 대혈산으로 갈 계획이었던 적풍이 그 생각을 바꾼 것이다.

"지금 당장 대혈산으로 가겠소."

"당장 말입니까?"

쿠샨이 조금 놀란 표정으로 말했다.

"그렇소."

"대체 왜……?"

모든 일은 중도에 그 계획을 바꾸면 득보다 실이 많은 편이다. 그렇다고 그들의 행보에 어떤 변수가 생긴 것도 아니었다. 그런데 적풍이 갑자기 행로를 바꾸겠다니 쿠샨으로서는 당황스러울 수밖에 없었다.

"그냥 지금… 가야 할 것 같소."

"그러니까 이유가 무엇입니까?"

쿠샨이 다시 물었다.

"육감이오. 지금 가야… 그 친구를 만날 수 있을 것 같소."

"조급하시면 안 됩니다. 이런 일에서 조급함은 위험을 자초합니다."

"알고 있소. 그러나 그래도 이젠 대혈산으로 가야겠소."

"음… 지왕종문이 움직였을까요?"

"가보면 알겠지."

적풍이 덤덤하게 대답했다. 지금껏 지왕종문의 고수들을 대혈산에서 끌어내기 위해 그 곁가지들을 공격했던 것을 생각하면 허탈한 대답이었다.

"정말 지금 가실 생각이시군요."

"생각해 보면 애초에 이런 계획은 내 성미에 맞지 않았소."

"하지만 꼭 필요한 일이기도 했습니다."

"그렇긴 하지. 하지만 이젠 집어치웁시다."

적풍이 단호하게 말했다.

"후우… 그러실 생각이시라면 어쩔 수 없지요."

"대혈산에 가서 말이오, 그자를 만나는 것이 외려 좋을 것 같다는 생각이 어제 들었소. 의미 없는 협행질은 그만합시다."

적풍이 조금 거칠게 말했다.

순간 쿠샨은 불안한 마음이 들었다. 태산 같던 적풍의 심기가 흔들리는 것이 아닌가 의심이 되었던 것이다.

"불안하십니까?"

"그렇소."

적풍은 굳이 부인하지 않았다.

"어째서……?"

"이유는 나도 모르오. 그런데 이상하게 더 이상 시간을 늦추면 안 될 것 같소. 그를 만나 내가 죽든, 그를 베든 결판을 내는 것이 애초에 좋았을 거란 생각이 드는구려."

"알겠습니다. 뜻대로 하십시오. 사실 그리 나쁜 생각도 아니지요. 일이란 너무 늦지도 혹은 빠르지도 않아야 하니, 세 번의 공격이면 족할 수도 있습니다."

"갑시다."

적풍이 황하를 앞두고 걸음을 돌렸다. 북쪽으로 올라가 황하 상류에서 강을 건너 동북방으로 대혈산에 들어갈 생각이었다.

이유는 분명했다. 남로를 선택하면 결국 이러나저러나 장안으로 들어가 북상해야 하기 때문이었다.

두 사람이 말머리를 돌려 온 길을 되짚어 가기 시작했다.

                    *   *   *

모악이 천천히 걸음을 옮겼다. 그의 입에서 나직한 흥얼거림이 흘러나왔다.

대혈산 남쪽으로 늘어선 성벽 위에서 염화마군 철특을 배웅하고 난 이후였다. 아직도 그의 등 뒤로 멀어져 가는 철특 일행의 모습이 남아 있었다.

책사들에게 시간을 얻는다는 것은 무사가 보검을 얻는 것 같은 일이다. 더군다나 최근 모악에게는 그 시간이 절실히 필요했다.

긴 잠에서 깨어난 이후 염화마군 철특은 모악을 지왕종문의 일에 깊이 관여시키지 않았다. 어떤 면에서는 견제한다고 느낄 정도로 철특은 모악을 지왕종문의 일에서 배제했다.

모악 역시 철특의 그런 대접을 순순히 수긍했다. 하지만 모악 같은 인물이 순순히 그런 상황이 지속되는 것을 순순히 지켜보고만 있을 리가 없었다. 어떤 식으로는 이 상황을 흔들 기회를 엿보기 위해 유취려와 은밀한 거래로 시간까지 번 그가 아닌가.

그런 그에게 행운이 찾아왔다. 그것도 그 자신이 계획한 일이 아닌 먼 곳에서 우연처럼 찾아온 행운이었다.

"천무객이라. 흐흠, 고마운 사람이야. 약속하는데 혹시 기회가 된다면 한 번쯤은 목숨을 살려주지."

모악이 성루 아래로 이어진 계단을 걸으며 중얼거렸다. 그런 그에게 초로의 한 사내가 다가왔다.

"법사! 종문의 일에 복귀하신 것을 축하드리오."

"축하라니 그런 말 마시오. 좀 더 쉬고 싶었는데 어쩔 수 없이 이리된 것이니……. 사실 이 땅의 일에 대해선 문외한이나 다름없으니 결국 일장께서 마군님의 부재를 채워주셔야 할 것이오."

"무슨 말씀을… 흐흐! 그간 어려운 일이 있을 때마다 마군께서 법사를 깨워 조언을 구했다는 것을 모르지 않소. 더군다나 이 땅에 처음 왔을 때 법사의 조언에 의해 지왕종문이 만들어진 것이 아니오? 아마 그때 이미 법사께선 이 무림이란 곳의 사정을 모두 파악하셨을 거요."

"겨우 석 달이었소."

모악이 미소를 지으며 대답했다.

"법사 같은 분에게 석 달은 보통 사람의 삼 년과 같지 않소?"

"하하하, 일장께선 날 너무 과대평가하시는구려."

"글쎄올시다. 그 놀라운 탈출을 계획하신 분이니 외려 내 평가가 부족한 듯하오만……."

모악과 말을 섞고 있는 자는 지왕종문의 지왕삼장 중 첫 번째로 꼽히는 일장 지의장 탐모다. 그는 평소 지왕종문 제일의 책사를 자처하는 사람이었다.

과거 하근을 데려와 총관으로 쓸 때도 탐모는 단지 하근을 자신들이 필요에 의해 부리는 일꾼 정도로 치부했었다.

그러나 그런 그에게조차도 모악은 부담스런 존재였다. 모악의 능력은 언제나 탐모를 열등감에 빠지게 하는 면이 있었다.

더군다나 모악은 지왕종문의 사람들과는 그 뿌리가 다른 사람이었다. 그러니 그에 대한 경계심이 지왕종문의 그 어떤 문도들보다 강한 탐모였다.

"고마운 말씀이오. 그럼 들어가십시다. 가서 앞으로의 일을 상의해 봅시다."

모악이 가벼운 미소를 지으며 말했다.

"그럽시다."

"아, 그전에 한 곳 들러보고 싶은 곳이 있는데……."

"어딜 말이오?"

"뇌옥을 보고 싶소."

"역시 그렇구려. 당연히 법사께서 그들을 먼저 만나볼 거라 생각했소이다. 낮에는 좀 그렇고 오늘 밤 가보시도록 합시다."

탐모가 다부진 표정으로 고개를 끄떡였다.

깊은 계곡, 달빛도 들어오지 못하는 어두운 숲을 앞에 두고 모악과 탐모가 걸음을 멈췄다.

"여기요?"

"그렇소."

모악의 질문에 탐모가 대답했다.

"몇이나 있소?"

"그리 많지는 않소. 모두 다섯이오."

"생각보다 적구려."

모악이 말했다.

"그러게 말이오. 그 종자들이 씨가 마른 듯하더이다. 천하를 샅샅이 뒤졌는데 쓸 만한 자들이 없었소. 지금 뇌옥에 있는 자들도 모두 중원 밖, 먼 변방을 돌며 찾아낸 자들이오."

"북두회에서 멸살을 했다더니……."

"무림의 명문이란 자들이 그에게 워낙 혹독하게 당한 모양이더구려. 그래서 북두회가 이골마족들의 씨를 말리려 한다더이다."

"후우… 그자는 정말 어디서나 문제군."

"대체 잡혈의 피에서 어떻게 그런 자가 탄생했는지 알 수가 없소이다."

"가끔 세상에는 돌연변이들이 나타나는 법 아니오."

"설마 그게 우리 시대에 나타날 게 뭐요. 그러지 않았다면… 아마도 우리 신화지왕 일맥은 법사의 계획대로 지금쯤 칠왕의 땅을 지배하고 있을 것이오."

"후후… 진인사대천명이라지 않소. 아무튼 이곳에서도 기회
가 있으니 시간을 두고 천천히 만들어가봅시다. 우선 그들을
봅시다."

모악의 말에 탐모가 고개를 끄떡이고는 검은 숲으로 모악을
이끌었다.

철컹!

철문이 열렸다. 그러자 빛 같지 않은 빛이 겨우 금옥으로 기
어 들어왔다. 오히려 뇌옥 안쪽에서 흘러나오는 불빛이 밖에서
들어오는 것보다 몇 배는 더 밝은 듯했다.

뇌옥 안에는 여러 개의 옥사가 있었다. 하나같이 단단한 철
창으로 막힌 뇌옥은 생각보다 커서 하나의 옥사 안에서 두어
명이 함께 살아가도 넉넉해 보였다.

더군다나 보통의 옥사라면 반드시 있어야 할 역한 냄새도 없
었다. 그건 이 옥사에 갇힌 자들이 제법 대우를 받고 있다는
것을 의미한다.

모악은 뇌옥에 들어서면서부터 서로 다른 옥사에 갇혀 있는
자들을 살폈다.

그런데 이상하게도 옥사에 갇힌 자들은 뇌옥으로 들어온 모
악과 탐모에게 전혀 관심을 보이지 않았다. 그들은 그저 뇌옥
안에서 그들이 하던 일을 그대로 하고 있을 뿐이었다.

"좋구려."

"죽이자고 데려온 자들은 아니니까."

모악의 말에 탐모가 대답했다.

모악의 말처럼 뇌옥 안은 비록 철창으로 막혀 있다지만 생활에 필요한 거의 모든 것이 갖춰진 듯 보였다.

"왜 한데 두지 않은 거요?"

"사람 일은 모르는 것 아니오?"

탐모가 말했다.

"음… 그렇긴 하지. 분명 보통 사람들은 아니니까."

이런저런 이야기를 나누는 사이 두 사람은 하나의 옥사 앞에 도착했다.

그 옥사 안에는 마른 체구를 지닌 호리호리한 중년 사내가 갇혀 있었다. 슬쩍 모악 쪽을 보는 눈빛은 그야말로 잘 갈린 도검을 보는 것 같았다.

"잘 지냈는가?"

탐모가 사내에게 아는 척을 했다.

그러나 사내는 대꾸도 하지 않는다. 사내의 반응에 탐모가 씁쓸한 표정을 지으며 모악에게 말했다.

"궁백이란 자요. 요동 인근에서 호랑이 사냥을 하며 살던 자였소. 놀라운 궁술을 지녀 단 한 발의 활로도 대호를 즉사시키는 재주가 있다 하여 찾아가 봤었소."

"특출 난 재주는 항상 위험을 부르지."

모악이 가볍게 대꾸했다.

"이들 중 우두머리 노릇을 하고 있소."

탐모가 다시 말했다. 그러자 모악이 고개를 끄떡이고는 옥사

안의 사내에게 말을 걸었다.

"이보게."

그러나 옥사 안 사내는 묵묵부답이다.

"평생 이곳에서 살 텐가?"

궁백이란 사내가 답을 하든 말든 모악은 계속 말을 이어갔
다.

"우리 말에 따른다면 자네들은 세상에서 가장 중요한 사람
들이 될 수 있어. 숲에서 호랑이나 사냥하는 것하곤 틀린 삶이
지."

"호랑이 대신 사람 죽이는 삶 말이오?"

궁백이란 자가 처음으로 반응했다.

"그 대상이 자네들을 사냥하던 자들이라면 괜찮지 않나?"

"그들이나 당신들이나 다를 바 없소."

"아니, 다르지. 북두회는 이골마족을 사악한 피를 가진 자들
로 치부하고 그 모두를 죽이고자 하는 자들이고 우린 그대들
의 능력을 귀중하게 생각하는 사람들이다. 어떻게 같겠는가?"

"글쎄. 내가 보기에는 별로 다른 것이 없는 것 같은데? 우릴
추격하고, 가족들을 상하게 하고, 이곳으로 끌고 와 가두었다.
대체 뭐가 다르다는 거냐?"

"그건 그대들이 우리의 제안을 거부했기 때문이지."

"처음 우릴 잡아 올 땐 제안조차도 하지 않았었다!"

궁백이란 자가 차갑게 말했다. 그러자 모악이 눈살을 찌푸리
며 탐모에게 물었다.

"그랬소?"

"말로 설득했다 한들 순순히 따라왔겠소?"

탐모가 심드렁하게 말했다.

"그래도 실수했구려. 함께할 사람들에 대한 예의는 지켜야지."

모악의 타박에 탐모가 무슨 말인가를 하려다가 입을 닫았다. 그러자 모악이 궁백을 보며 말했다.

"아마도 당신들을 데려오는 데 약간이 실수가 있었던 모양이군. 내가 대신 사과하지. 그러니… 우리의 제안을 다시 생각해보시게."

"가족을 죽인 자들과 함께해라? 그게 가능할 것 같소?"

"단지 실수가 있었을 뿐이야. 그래도 전부 죽인 것은 아니지 않나. 만약 북두회였다면 당신들 일족 모두를 죽였을 거네."

"하하하, 정말 뻔뻔한 사람들이군. 다 죽이지 않았으니 다르다니… 하하하!"

궁백이 비웃음이 가득 담긴 웃음을 터뜨렸다. 그러자 모악의 얼굴이 굳어졌다. 그리고는 차가운 목소리로 말했다.

"지금까진 우리도 정중하게 설득을 한 것이야. 그런데 내 설득을 받아들일 생각이 없는 모양이군?"

"그래서 이제 죽이겠소?"

"아니, 이젠 협박을 해보겠다. 지의장, 이자들이 본래 살던 곳에 여전히 이들의 일족이 남아 있소?"

"흩어진 자들도 있지만 남아 있는 곳도 있소. 뭐… 우리로서야 근골을 보고 데려온 것이니 근골이 좋지 않은 사람들은 굳이 신경 쓸 필요가 없었소."

"그럼 이야기가 되겠군. 궁백이라고 했나? 잘 듣게. 우리에겐 시간이 그리 많지 않아. 그래서 모든 결정을 빨리 내려야 하네. 앞으로 보름의 시간을 주겠네. 그 안에 우리의 제안을 받아들일지 말지 결정하게. 만약 거부한다면… 그대들은 물론 살아남은 그대들의 일족까지 모두 죽일 거야. 그리고 우린 또 다른 이골마족을 찾으러 다니겠지."

"이… 악독한……!"

궁백이란 사내가 분노를 참지 못하고 부르르 몸을 떨었다.

"우린 천하를 가늠해 보는 사람들이야. 독하지 않으면 대업을 이룰 수 없지. 우리가 독수를 쓸지 말지는 모두 그대들의 선택에 달린 문제야. 그러니 신중하게 결정하시게. 말했지만 시간은 보름이야. 그 이상은 줄 수 없어. 지의장 그만 갑시다."

모악이 자신이 할 말은 다 했다는 듯 냉정하게 신형을 돌려 뇌옥을 벗어났다.

그러자 탐모가 조금 황망한 표정을 짓다가 이내 모악의 뒤를 따라 나갔다.

철컹!

뇌옥 문 닫히는 소리가 소름 끼치게 들렸다. 그리고 뇌옥이 한순간에 적막에 빠졌다.

궁백이란 이름의 사내는 모악 등이 나간 철문을 바라보고 있을 뿐 손 하나 움직이지 않았다.

그렇게 얼마나 지났을까. 문득 그의 옆 옥사에 갇혀 있던 사내가 입을 열었다.

"후우… 지금까지 보았던 자들과는 다른 자인 것 같소, 궁 형님!"

"그렇구나."

궁백이 고개를 끄떡였다.

"다른 자들은 거칠어 보일지언정 다루지 못할 바는 아니었으나 저자는… 두렵군요."

"그래… 정말 독한 인간을 만난 것 같구나."

궁백이 대답했다. 그러자 사내가 다시 물었다.

"어찌하시겠소?"

"어쩔 수 없지. 모두를 죽게 할 수는 없으니까."

그러자 다른 쪽 뇌옥에서 건장한 체구를 지닌 자가 화통을 삶아 먹은 목소리로 말했다.

"그자들이 약속을 지킨다고 어찌 믿소?"

순간 궁백이 고개를 돌렸다. 그의 눈에 태산 같은 체구를 자랑하는 사람의 얼굴이 보였다. 그런데 자세히 보면 비록 그 체구가 크고 목소리가 굵기는 하지만 여인이다.

여인의 몸으로 이런 체구를 가진다는 것은 이 여인 역시 특별한 체질을 지니고 있단 의미일 것이다.

"몽금, 하면 다른 방법이 있느냐?"

궁백이 물었다.

"싸웁시다."

몽금이라 불린 여인이 말했다.

"어리석은 소리. 이길 수 없는 싸움이다."

"난 죽는 것 따위 두렵지 않소, 오라버니!"

"누군 죽음이 두렵겠느냐? 두려운 것은 각자 고향에 남겨두고 온 식솔들이야. 몽금 네 고향에도 네 친족들이 남아 있겠지? 물론 신혈일 수도 아닐 수도 있겠지만⋯⋯."

"있소."

여인이 대답했다.

"그러니 경거망동 말거라. 그자⋯ 필히 자신이 말한 대로 하고도 남을 자다."

"그럼 역시 그들의 꼭두각시가 돼야 한단 것이오?"

"얼마간은 그래야지. 우리에겐 시간이 필요해. 저들이 대체 어떤 자들인지도 모르고 있지 않느냐? 저들을 살피고 그 안에서 힘을 기를 수 있다면 기르자꾸나. 그리고 때가 되면⋯ 오늘의 빚을 갚는다. 과거 우리는 혼자였기에 힘이 없었으나, 오늘날 이곳에서 다섯이 되었으니 무슨 일이든 시도해 볼 수 있을 것이다."

"대형의 말이 맞소."

다른 뇌옥에서 어둠에 얼굴이 가려진 자가 말했다.

"후우⋯ 모두 그렇게 생각한다면 오라버니 말씀을 따르지요."

"목숨을 버리는 것은 빛이 없을 때의 일이다. 빛이 보이면 살아 있는 동안은 그 빛을 따라가야 한다. 모두 알겠느냐?"

"예, 형님!"

옥사 안에서 몇 사람의 대답이 흘러나왔다.

대혈문의 북쪽, 뇌옥이 위치한 금단의 숲에서 나온 모악은 탐모와 헤어져 청옥관이 있는 석실로 향했다.

석실에서는 언제나처럼 기이한 냄새의 향이 타고 있었고, 천의비문의 사람들이 관 속의 인물들을 살피고 있었다. 모악은 잠시 팔짱을 끼고 서서 천의비문의 문도들이 손을 쓰는 것을 바라봤다.

그러다가 문득 인기척을 느낀 유취려가 고개를 돌려 모악을 보았다.

"어찌 되었소?"

유취려가 물었다. 이미 모악이 올 줄 알고 있었던 모양이다.

"염화마군은 출행했소."

"당신의 계획대로 되었구려."

"후후, 내가 만든 계획이 아니라 우연히 찾아온 행운이오."

"기다리는 것도 당신의 계획이었으니 역시 당신의 계획대로 된 것이라 할 수 있지."

유취려가 냉막하게 말했다.

"어떻게 생각하든 좋소. 아무튼 이번 보름까지 소주의 얼굴을 봅시다."

"알겠소."

유취려가 대답했다.

"깨어난 후 사오 일은… 관 속에 머물렀으면 좋겠소."

"내 재주를 너무 과대평가하는구려."

"천의비문 최고의 의원 아니오. 가능하다는 것을 알고 있소."

"관 속에 그를 두고 뭘 할 생각이오?"

"그와 대화를 해야겠지. 그래서 그가 마군보다 내 말을 신뢰하도록 만들 생각이오."

"그게… 가능하오?"

유취려가 의심 어린 표정으로 물었다. 그러자 모악이 미소를 지으며 대답했다.

"난 그대가 아는 것보다 꽤 능력 있는 사람이라오."

천의비문의 문도들은 하루 종일 옥관 속 청년을 깨울 준비를 했다. 일은 매우 신중하게 진행됐다.

그렇게 신중한 준비를 마친 유취려와 천의비문의 문도들이 드디어 청옥관 속 청년을 깨우기 위한 시술에 들어갔다.

먼저 가벼운 시침으로 청년의 감각을 되살린 후 준비한 약재를 의식이 없는 상태에서 복용시켰다. 그러고는 가볍게 추궁과혈을 시켜 약재가 혈맥을 타고 골고루 흐르게 만들었다.

그 모든 시술을 유취려가 직접 했다.

모악은 처음 시술이 시작될 때부터 내내 석실에 머물렀다. 모악만이 아니었다. 탐모 역시 수시로 석실을 드나들었다.

탐모로서는 염화마군이 자리를 비운 사이에 그들에게 가장 중요한 존재인 소주를 깨우겠다는 천의비문 의원들이 원망스럽기도 했다. 그러나 그렇다고 오랜 잠에 빠져 있던 소주를 깨우는 일을 반대할 수도 없었다.

더군다나 유취려가 지금 때를 놓치면 또 언제 다시 기회가 올지 모른다고 협박까지 해대니 처음부터 반대할 수 없는 일이었다.

"시간이 되었소."

추궁과혈 후 이각여 동안 청년의 상세를 살피던 유취려가 고개를 돌려 모악을 보며 말했다.

그러자 모악이 가볍게 고개를 끄떡였다.

모악의 동의가 있자 유취려가 품속에서 봉황침을 꺼냈다. 그러고는 망설이지 않고 청년의 정수리와 단전에 봉황침을 꽂았다.

"끄윽……!"

봉황침이 꽂히는 순간 청년의 입에서 신음 소리가 흘러나왔다.

그런데 유취려는 신음하는 청년을 그대로 두고 자리에서 일어났다.

"침의 기운이 모두 전해지려면 반나절은 걸릴 것이오."

유취려가 흰 천으로 손을 닦으며 말했다.

"그 이후에는……?"

"정신을 차리고 몸을 쓰는 데는… 사 일 정도 걸릴 거요."

애초에 모악이 요구한 일이다.

장내에 다른 지왕종문의 문도들이 있어 처음 말하는 것처럼 이야기하는 유취려였다.

"그 이후에는 온전히 회복하시겠소?"

이번에는 탐모가 물었다. 그의 얼굴에 조급함이 떠오른다.

"그간 소주가 얼마나 이런 상태로 있었소?"

"소주께서 그리되신 지는 거의 오 년쯤……."

"그런데 하루아침에 성한 몸이 되시겠소?"

"그럼 얼마나 걸리겠소?"

"그야 그대의 소주께 달린 일이오."

"흐흠… 깨우긴 하나 몸을 회복하는 것은 스스로의 몫이다?"

"물론 내 도움도 필요하오. 하지만 모든 병은 결국 본인이 고치는 거요. 더군다나 무인의 경우에는 특히 그렇소. 아마 그대도 무공의 고수시니 이 이치를 아실 것이오."

"물론……."

탐모가 고개를 끄떡였다. 진기의 운용을 말하는 것임을 탐모가 알아들은 듯 보였다.

"아무튼 수고했소. 잠시 쉬시구려."

"그립시다."

모악의 말에 유취려가 고개를 끄떡이고는 석실을 벗어났다.

"후우!"

석실로 돌아온 유취려가 힘겨운 듯 긴 숨을 내쉬었다.

"수고하셨어요."

설루가 얼른 유취려의 이마에 맺힌 땀을 닦아냈다. 그러자 유취려가 신중한 표정으로 말했다.

"모두들 이제부터 더욱 정신을 차려야 한다. 그가 깨어나는 순간부터 우린 새로운 상황에 처하게 될 거다. 이 거래의 위험함을 명심해라."

"예, 사고님!"

"이젠 너희도 좀 쉬도록 해라. 그가 깨어나면… 잠시도 그의 곁에서 떠나면 안 된다. 교대로라도 그를 항상 눈 아래 두고 있어야 해."

"알겠습니다."

천의비문 문도들이 심각한 표정으로 대답했다.

사내는 정확히 세 시진 후 깨어났다.

모악이 보낸 자가 급히 유취려를 찾았다. 천의비문의 문도들이 황급히 옥관이 있는 석실로 달려갔다.

"끄으으!"

청년의 신음 소리가 석실 밖까지 들렸다.

"어서 오시오!"

모악이 석실로 들어서는 유취려를 급히 맞아들였다. 유취려가 모악과 탐모를 제치고 청년에게 다가갔다.

"어찌 된 거요? 갑자기 고통스러워하시는데?"

탐모가 따지듯 물었다. 그의 눈에는 살기까지 돌았다. 청년이 잘못된다면 염화마군이 없어도 당장 천의비문이 문도들을 도륙 낼 것 같은 기세다.

그러나 유취려는 그런 탐모의 위협 따위는 신경도 쓰지 않았다. 대신 유취려는 급히 봉황침을 뽑고 청년의 몸을 모로 눕힌 후 그의 뒷골 아래와 그의 양발에 은색 침을 꽂았다.

"후-우-우!"

그러자 청년의 입에서 깊은 숨이 흘러나왔다. 그 숨 속에는 더 이상 고통의 담겨 있지 않았다. 대신 오랜 잠에서 깨어난 자의 편안함이 담겨 있었다.

"됐소."

유취려가 뒤늦게 입을 열었다.

"어찌 되었소."

모악이 신중하게 물었다.

"이미 말씀드렸던 대로요."

"음… 그럼 역시……."

모악이 어두운 표정으로 중얼거렸다.

"무슨 말들을 하고 있는 거요?"

모악과 유취려의 말을 이해하지 못한 탐모가 급히 물었다. 그러자 모악이 대답했다.

"소주를 깨우기 위해 화수께선 천의비문의 비기를 사용했소. 그게 아니면 도저히 불가능하기 때문이오. 물론 그건 이미 마군께도 허락하신 것이소."

"그래서 어찌 되었단 거요?"

"그 비기의 영험함은 보신 대로요. 소주께선 곧 깨어나실 거요. 다만 워낙 그 기운이 강해 백 일에 한 번은 이렇게 그 기운을 조절하는 시침을 받아야 하요."

"음… 음… 뭐 그렇다면야 뭐!"

죽어가던 사람이 깨어난 이상 문제 삼을 만한 일은 아니었다.

그런데 그때 갑자기 청옥관에서 나직한 목소리가 들렸다.

"법사인가?"

"소주!"

모악과 탐모가 급히 청옥관으로 다가갔다. 그러자 청년이 몸을 옆으로 뉘인 채 물었다.

"어찌 된 거냐?"

"소주! 드디어 깨어나셨습니다!"

"하지만 몸이 좋지 않아."

청년의 목소리에 짜증이 섞여 있다.

"완전히 회복하시려면 시간이 더 필요하실 겁니다. 워낙 오래 누워 계셔서 혈맥과 근육이 굳어계십니다."

"후우… 얼마나 잤지?"

"대략 오 년 정도……."

"젠장… 여긴 어디냐? 왜 빛이 없지?"

여전히 청년의 목소리가 날카롭다.

"걱정 마십시오. 칠왕의 땅은 벗어났습니다."

"그럼… 성공했군."

"그렇습니다."

"좋아. 그럼 뭐 오 년 정도야… 낄낄. 그런데 곤궁하군. 내가 겨우 이 정도에 만족해 웃음이 나오다니."

"소주……!"

탐모가 죄스러운 표정을 지으며 고개를 숙였다.

"아무튼 좋아. 언제 일어날 수 있지."

"사오 일 걸릴 듯합니다. 이후에는… 소주께서 얼마간 수고를 하셔야 합니다."

모악이 대답했다.

"수고라… 법사의 입에서 그 소리가 나온다는 건 제법 긴 시간 동안 고생을 할 거란 말이군. 뭐, 그도 좋아. 그런데 마군은?"

"외부에 일이 생겨서 출행하셨습니다."

탐모가 대답했다.

그러자 청년이 살짝 눈살을 찌푸렸다.

"이곳 상황도 녹록치 않나 보군."

"그것이……."

"뭐 됐어. 살아 있으면 된 거지. 그나저나 뭐 먹을 것 없나?"

청년의 물음에 뒤쪽에서 유취려가 대답했다.

"삼사 일은 물만 드실 수 있소."

"누구지?"

감히 자신에게 반 하대를 한 자가 누구냐는 듯 청년이 물었다.

"소주님을 치료한 의원입니다."

"외부의 도움을 빌었다고?"

"그렇습니다."

"꽤 심각했었나 보군."

"아직 깨어나지 못한 사람도 있습니다."

"음… 좋아, 좋아. 오 년 동안 누워 있었는데 삼사 일이야 뭐. 그런데 이봐, 의원!"

청년이 유취려를 불렀다. 그의 백옥 같은 피부와 여인같이 아름다운 얼굴을 생각하면 도저히 어울리지 않은 거칠고 무례한 목소리다.

"말씀하시오."

"얼굴 좀 보자구!"

청년이 다시 말했다. 그러자 유취려가 가볍게 숨을 들이쉬고는 관을 돌아 청년의 얼굴 쪽으로 이동했다.

"늙었군."

유취려를 처음 본 청년의 말이다. 엉뚱하고 무례하기 이를 데 없는 말이다.

순간 유취려의 얼굴에서 감정이 사라졌다. 모악의 말을 통해 이자가 비정상적인 심성을 가진 자라는 것을 알고 있었지만 직접 경험해 보니 감당하기 쉽지 않을 것 같았다.

"기분 상했나?"

"늙은 것은 사실이니 괜찮소."

"흐흐흐, 그래? 역시 늙은이들은 참을성이 강해."

"......."

유취려가 살짝 입술을 물었다. 그러나 여전히 무심한 표정을 지켜냈다.

"어쨌든 고마워. 살려줘서."

"애초에 죽을 일은 없던 상태였소."

"후후, 하지만 깨어나지 못했다면 결국 죽었겠지. 영원한 생명이 있나……. 물론 세 개의 샘을 지키는 괴물들은 몇 백 년은 산다고 들었지만……."

청년이 뜻 모를 말을 중얼거렸다.

그러자 모악이 나섰다.

"소주, 무리하지 마십시오. 그리고 회복하실 동안 이곳의 사정에 대해 말씀드리겠습니다. 지루하지 않으실 겁니다."

"무리는 무슨, 혀나 나불대는 것인데… 그래도 법사의 충고라면 들어야겠지. 크크……."

청년이 슬쩍 모악을 보며 말했다. 그러자 모악이 애써 웃음을 짓는다. 그러자 청년이 다시 유취려에게 말했다.

"의원 또 보자구. 날 제 상태로 돌려놓으면 나도 큰 선물을 주지."

"이미 약속받은 것이 있소."

"그래? 마군과 거래를 했나 보군. 하지만 그건 그거고 나도 따로 선물을 주지."

"…알겠소."

"좋아. 그럼 가보라고!"

청년의 말에 유취려가 망설이지 않고 청년의 앞을 벗어났다. 그러자 모악이 급히 유취려에게 물었다.

"이곳에 머물지 않아도 되오?"

"반 시진 뒤에 발침하러 오겠소."

유취려가 청년의 뒤통수와 발바닥에 박혀 있는 은침을 보며 말했다.

"알겠소. 그럼 그때 봅시다."

모악이 허락하자 유취려가 천의비문의 의원들을 데리고 석실을 나갔다. 그러자 청년이 물었다.

"믿을 만한가?"

"협박해 데려왔으니 당연히 믿을 수 없는 자들입니다."

모악이 대답했다.

"그런 위험한 자들에게 날 맡겼어?"

"그게 더 안전한 일입니다. 믿고 있다가 배신당하는 것보다는 애초부터 믿음이 아니라 거래를 통해 맺어진 관계가 더 낫습니다."

"흐음… 그래? 그런 건가? 하긴 우리도 그런 관계지?"

"……."

모악이 청년의 말에 대답을 하지 않았다. 그러지 청년이 실소를 흘리며 말했다.

"킬킬, 너무 긴장하지 마. 난 그래도 아버지보단 나으니까."

"소주……."

모악이 말꼬리를 흐렸다.

"법사를 탓하는 것은 아니야. 외려 법사가 있었기에 우리라도 살아남은 거니까. 법사가 없었으면 우린 전멸했겠지. 법사가 없었어도 아버지는 싸웠을 테니까. 이런 걸 운명이라고 하나?"

"제가 부족했던 탓입니다."

모악이 고개를 숙이며 말했다.

"글쎄 법사 탓이 아니라니까? 우리의 실수는 하나야."

청년의 말에 사람들이 침묵한 채 청년의 입만 바라봤다.

"우리의 실수는 말이야. 점을 보지 않은 거야."

"그게 무슨……."

탐모가 어리둥절한 표정으로 되물었다.

"그 계집 같은 놈들에게 가서 점을 봤어야 했어. 일을 시작하기 전에. 그랬다면 이런 운명이 되지는 않았을지도 모르지."

그러자 이번에는 모악이 다른 때와 달리 청년의 말을 반박했다.

"그들이 앞일을 예언할 수는 있다는 것은 요언입니다. 또 설혹 앞을 볼 수 있다 해도 운명을 바꾸지는 못하지요."

"쩝, 그런가? 어쨌어도 일어날 일이었단 건가?"

"……."

모악이 침묵을 지킨다.

"아아, 그만하자고. 과거 일은 따져서 뭐해. 앞일이 중요하지. 그래, 나에게 해줄 말이 많겠지?"

"그렇습니다."

모악이 대답했다.

"좋아. 그럼 지금부터 법사의 이야기를 들어보자고!"

청년이 깨어난 이후 천의비문 사람들의 석실 출입은 그전만큼 자유롭지 못했다.

모악과 탐모는 비문의 의원들이 옥관에 든 다른 자들을 치료하러 들어올 때마다 허락을 구하게 했다.

그런 면에서 보자면 설루 일행에게 청년의 회복은 무척 불편했다. 그러나 어차피 그는 사지를 움직이게 되면 석실을 떠날 것이기에 불편함을 감수하는 것은 며칠이면 끝날 일이었다.

모악은 거의 하루 종일 소주라는 미청년 옆에 앉아 있었다. 그는 다른 사람이 들을 수 없을 만큼 조용하게 미청년과 이야기를 나눴다.

미청년은 가끔 호탕하게 웃음을 터뜨리거나 혹은 무척 신경질적인 반응을 보이며 정신이 분란한 자처럼 행동했지만, 그래도 생각보다는 무던하게 모악의 말을 들었다.

그런데 그렇게 모악이 미청년과 이야기를 나누는 시간이 길어질수록 불안해져 가는 사람이 있었다.

그는 바로 염화마군의 심복인 지의장 탐모였다.

미청년에게 절대적인 충성심을 가진 탐모의 불안은 단지 미청년이 모악만을 가까이 하는 것에 대한 시기처럼 보이지는 않았다.

탐모의 불안함에는 두려움이 섞여 있었다. 그리고 설루 일행은 그의 두려움이 미청년에 대한 것인지 혹은 모악에 대한 것인지를 구분해 낼 수 없었다.

그렇게 시간이 흐르고 드디어 미청년이 청옥관에서 몸을 일으키는 날이 왔다.

그리고 그날 설루 일행은 미청년의 이름을 알게 되었다.

그의 이름은 우다문이었다.

제7장
혈로(血路)

우다문의 거처는 그가 머물던 석실과 가까운 곳에 있었다. 석실이 있는 절벽 앞쪽 숲에 그가 거처할 작은 장원이 있었다.

이미 오래전부터 염화마군 철륵이 준비해 둔 곳이었으므로, 우다문은 몸만 움직이면 됐다.

그러나 우다문에게는 몸만 옮기는 간단한 일이 천의비문의 문도들에게는 제법 큰 변화를 줬다.

그들에게 드디어 석실이 있는 거대한 동굴을 벗어나 밖으로 나올 기회가 생긴 것이다.

봉황침의 기운을 다스리는 일은 오직 유취려만이 가능했다. 그러니 지왕종문에서도 천의비문 문도들의 석실 밖 출입을 용인할 수밖에 없었던 것이다.

어떤 방식으로든 동굴을 벗어날 수 있다는 것은 천의비문의 문도들에게 아주 중요한 의미를 갖는다. 그건 곧 최악의 순간 목숨을 걸고 탈출을 시도할 수 있기 때문이었다.

물론 지왕종문의 감시는 철저했다.

특히 모악은 절대 유취려를 혼자 두지 않았다. 다른 사람은 몰라도 그녀가 탈출하는 것은 그에게 최악의 상황이 될 것이기 때문이었다.

하지만 어쨌든 그물 같은 감시망 속에서라도 천의비문 문도들은 청량한 세상 밖 공기를 근 반년 만에 만나게 되었다.

그 기쁨은 그들이 지왕종문을 벗어난 것처럼 감격적인 것이었다.

우다문의 상태를 돌보는 것은 전적으로 유취려의 몫이었다. 모악은 절대 다른 의원들에게 우다문을 맡기지 않았다. 그래서 유취려를 제외한 다른 사람들은 동굴을 벗어날 기회가 적었다.

유취려는 그런 문도들을 위해 그녀가 하루에 한 번 우다문을 만나러 갈 때마다 각기 다른 문도를 데리고 나갔다. 덕분에 설루 역시 오 일에 한 번 동굴을 벗어나 맑은 공기를 만날 수 있었다.

"네 이름은 뭐지?"

그 질문을 들었을 때, 설루는 자신도 모르게 심장이 내려앉는 듯한 충격을 받았다. 마치 만나지 말아야 할 사람을 만난 것 같은 느낌이었다.

유취려를 돕기 위해 동굴을 나와 우다문의 처소에 들렀을 때의 일이었다.

우다문은 말이 제법 많은 자였지만 그렇다고 말 상대가 많지는 않았다.

그는 대부분 혼잣말을 지껄이든지, 아니면 모악이나 탐모 두 사람과만 이야기를 나눴다.

아주 가끔 자신의 상태가 궁금하면 유취려에게도 말을 걸었으나 극히 드문 일이었다.

그런데 그런 우다문이 오늘 갑자기 설루에게 말을 건 것이다. 그의 돌발적이 행동에 유취려조차 긴장한 듯 보였다.

"혹시 벙어린가?"

설루가 대답이 없자 우다문이 빙글거리며 다시 물었다. 그 천진한 웃음이 외려 소름 끼치는 설루다.

"설루라는 아이요."

유취려가 대신 대답했다.

"역시 벙어린가?"

우다문이 빤히 설루를 바라보며 다시 물었다.

"그렇지 않소."

역시 유취려가 다시 대답했다.

"그런데 왜 당신이 대신 대답을 하지?"

"당신과 말하기 싫을 것 같아서 내가 대신한 것이오."

"흐흠… 그래? 그렇군."

우다문이 고개를 끄떡이면서 다시 한 번 설루를 바라봤다. 그러다가 불쑥 물었다.

"그런데 왜 얼굴을 가리고 있지?"

"그게 무슨 소리요?"

유취려가 놀란 표정으로 물었다.

"후후, 난 눈이 무척 좋은 사람이야. 당신의 제자가 본 얼굴을 교묘하게 감추고 있다는 걸 모를 줄 알았나?"

"그렇다 한들 당신이 관심 가질 일이 아니오."

"그래도 관심이 가는걸? 냉기를 걷어내고 보면 무척 아름다운 얼굴이 있을 것 같아서 말이야."

우다문의 말을 들으며 설루는 당장에라도 그의 거처를 나가고 싶었다. 우다문에 대한 두려움이 눈덩이처럼 커졌다.

"한 가지 충고하겠소."

유취려가 서늘한 표정으로 말했다. 순간 우다문의 눈에서 쇠도 녹일 만큼 뜨거운 염광이 빛처럼 나타났다 사라졌다.

"감히… 나에게 충고를 하겠다고?"

"그렇소."

유취려 같은 사람은 상대의 기세에 굴복하지 않는다. 그녀에게 우다문의 이 이질적인 기질은 아무런 협박이 되지 못했다.

그런 유취려를 인정했는지 우다문이 잠시 눈가에 머물렀던 살기를 흩어버리고는 고개를 끄떡이며 말했다.

"말해봐."

"우리가 이곳에 올 때 한 가지 버린 게 있소."

"그래? 그게 뭐지?"

"목숨이오."

"신기한 일이군. 살기 위해 온 것이 아니라 죽기 위해 왔단 말인가?"

"염화마군이 본 문 형제들의 목숨을 두고 거래를 했기에 응했던 거요. 그 거래를 승낙하는 순간 우린 이미 죽음을 각오했소."

"좋아, 좋아. 아주 대단한 용기들이군. 그래서……?"

"그래서 우린 언제든 죽을 준비가 되어 있소. 그리고 어떤 때는 죽는 게 사는 것보다 낫다는 선택을 할 만큼 고지식하기도 하오."

"본론을 말해봐."

우다문이 재촉했다.

"우릴 스스로 죽게 만들지 말라는 말이오."

"너희가 죽든 말든 그게 나와 무슨 상관이지?"

"…그에게 듣지 못했소?"

"그?"

"법사 말이오."

"모악? 무슨 말을?"

"내가 죽으면 당신도 죽소."

"…그게 무슨 말이냐?"

우다문의 얼굴이 차갑게 굳었다.

"정말 말을 안 해준 모양이구려. 난 이미 알고 있는 줄 알았는데……."

유취려는 그 순간 어쩌면 자신이 이 지왕종문 문도들의 괴이

한 관계 속에서 유리한 위치를 찾을 수도 있다는 생각을 했다.

"자세히 말해봐라. 허튼소리를 한다면……."

픽!

한순간 우다문이 앉아 있던 의자의 손걸이가 박살 났다. 우다문이 악력으로 부숴 버린 것이다.

그 모습에는 유취려도 내심 놀랐다.

그녀의 판단으로 우다문은 아직 공력은커녕 근육의 힘도 제대로 쓸 수 없는 처지였다. 그런 그에게 손걸이를 박살 낼 힘이 있다는 것은 유취려가 전혀 예상치 못한 일이었다.

"당신을 살리기 위해 난 본 가에 전해지는 하나의 신침을 썼소. 백 년에 걸쳐 만들어지는 신침만이 당신을 살릴 수 있었소. 그런데 당신들의 체질이 워낙 특이해서 하나의 신침으로는 불가능했소. 그래서 두 개의 신침을 쓰다 보니 부작용이 생겼소. 물론… 이 부작용에 대해선 미리 그대들에게 말해두었소."

"어떤 부작용인가?"

"신침의 기운을 백 일에 한 번은 사침을 써서 다스려야 하오. 그러지 않는다면 신침의 기운이 당신의 모든 혈맥을 끊어 버릴 것이오. 그리고 사침을 다룰 수 있는 사람은 지금으로썬 천하에 오직 나밖에 없소."

유취려가 우다문을 응시하며 말했다.

그녀의 표정이 패를 던진 도박꾼의 모습과 같아 보였다. 어떤 패로 되받을 것인지를 묻고 있는 유취려는 이 순간만큼은 우다문보다 우위에 있었다.

우다문은 그런 유취려를 한동안 노려봤다. 그러다가 갑자기 그가 실없이 웃음을 흘리기 시작했다.

"낄낄낄… 걱정 마, 걱정 마. 내가 이 몸으로 뭘 어쩌겠어? 설마 당신 제자를 겁탈이라도 할까 봐 그래? 그랬다가는 외려 내가 죽겠지. 지금의 나는 닭 한 마리 잡을 힘도 없어."

의자 손잡이를 부숴 버리는 악력의 소유자가 할 말은 아니었지만, 아주 틀린 말도 아니었다. 비록 그에게 그 정도 힘이 있다 해도 그런 정도로는 설루의 무공을 당해낼 수는 없었다.

"오늘이 아니라 내일을 이야기하는 거요."

"아, 글쎄 알았다니까. 너무 걱정 말라고. 그런데 말이야… 언제까지 이 상태로 있어야 하는 거지?"

"지금으로썬 아무도 예측할 수 없소."

"낄낄, 한마디로 그대의 올가미에 걸려 있다는 거군."

"우리 역시 지왕종문이라는 올가미에 걸려 있소. 그것도 선택의 여지도 없이 당한 일이고 말이오."

"그러니까 말이야, 결국 우린 불가분의 관계가 아닌가 말이야. 그런 의미에서… 서로 좋은 쪽으로 풀어도 되지 않을까?"

우다문이 다시 설루에게로 시선을 돌렸다.

"그 아이를 욕심내지 마시오."

다시 유취려가 경고했다.

"내가 그렇게 부족한 사람인가? 이거… 무척 불쾌하군. 난 신화지왕이 될 사람이야. 지왕에 대해 들어보지 못했나?"

"듣지 못했소. 그리고 관심도 없소. 어쨌든 저 아이를 욕심낸다면 저 아이는 외려 죽음을 택할 거요. 그리되면… 우리 모두 끝이오."

"내가 죽을 만큼 싫다? 이상한 일이군. 내가 그렇게 괴물 같은가?"

"당신이 싫어서가 아니라, 저 아이가 이미 혼인을 했기 때문이오."

"아하! 임자가 있었군. 여기 온 비문의 의원 중 하난가?"

"아니오."

"그럼 밖에 있다는 말이군. 이상한 자군. 어떻게 자기 부인을 이런 곳에 보냈지?"

우다문이 고개를 갸웃했다.

"그런 것까지 알 필요는 없지 않소?"

"아아, 알았어. 욕심내지 않도록 하지. 하지만 말이야… 혹시 생각이 바뀌면 말해. 언제든 받아줄 테니까. 난 여자의 과거 따윈 신경 쓰지 않으니까. 하하하!"

우다문이 거처의 기둥이 흔들릴 정도로 호탕한 웃음을 터뜨렸다.

"다음부터는 나오지 말거라."

우다문의 거처를 벗어나며 유취려가 말했다.

"알겠어요."

설루가 순순히 대답했다.

"그는 위험한 자다."

"네."

설루가 다시 대답했다.

"무슨… 다른 걱정이라도 있는 게냐?"

유취려가 설루의 표정이 여전히 어두운 것이 꼭 우다문 때문만은 아님을 눈치채고 물었다.

"구천은… 살아 있는 걸까요?"

설루가 문득 걸음을 멈추며 물었다.

순간 유취려의 말문이 막혔다. 벌써 십 년 가까이 지난 일이다. 인연 있는 자는 언젠가 반드시 만난다지만, 십 년의 세월은 강산만 변하게 만드는 것이 아니다.

"굴레로 생각된다면 벗어버려도 된다."

"예?"

설루가 깜짝 놀란 표정으로 되물었다.

"구천을 기다리는 네 마음 말이다. 그것이 단지 과거 혼약을 약속했던, 그 의무감 때문이라면 기다리지 않아도 된다는 뜻이다. 마음이 남아 있지 않다면 남녀 간의 약속은 아무런 의미가 없는 것이다."

"그런 것은 아니에요. 전 아직도 그의 꿈을 꾸는걸요."

"그래? 하지만 옅어졌겠지."

"그건 아무래도……"

설루가 말꼬리를 흐렸다.

솔직히 말하자면 지금 저자에서 구천을 만나도 그의 얼굴을 알아볼 수 있을까 하는 생각도 들었다. 그가 사랑한 구천은 십여 년 전 앳된 소년이던 시절의 구천이었다.

십 년의 세월이 구천의 몸과 마음을 변하게 했다면, 다시 그를 만난다 해서 과거와 같은 사랑이 남아 있을 거라고 그녀 자신도 장담할 수 없었다.

"어쩔 수 없는 일… 단지 시간에 맡길 뿐이다. 그러나 그렇다 한들 헛된 생각은 말거라."

"헛된 생각이라뇨?"

"네 한 몸 희생해서 우릴 구하겠다거나 하는 그런 생각 말이다. 그자는 모든 것을 파괴할 눈빛을 가진 자다."

"걱정 마세요. 절대 그럴 일은 없어요."

"그래야지. 만약에라도 그런 일이 벌어지면 아마도 넌 네 눈앞에서 내가 죽는 모습을 보게 될 게다."

"스승님 왜 그런 나쁜 말씀을 하세요. 절대 그럴 일 없어요."

"네가… 네가 너무 착한 아이라 그렇다. 가자꾸나."

유취려가 한숨을 쉬며 석실이 있는 동굴을 향했다.

*   *   *

장명은 한때 하남과 하북 일대에서 잘나가는 무인이었다. 아니, 정확히 말하자면 잘나가는 마인(魔人)이었다.

그는 황하를 사이에 두고 남과 북을 오가며 살인을 즐기고 아녀자들을 겁간했다.

당연히 무림의 협사들이 그를 추살하기 위해 출도했다. 그러나 장명은 귀신같은 신법과 암기술로 그 모든 추격을 뿌리쳤다.

강남에서 추격전이 벌어진다 싶으면 어느새 강북에 나타나고, 추격자들의 발길이 강북으로 이어지면 귀신처럼 강남에 나타나는 식이었다.

그렇게 하남과 하북을 제집 안방처럼 드나들며 악행을 일삼길 십 년, 드디어 장명에게도 위기가 찾아왔다.

그의 악행을 더 이상 두고 볼 수 없었던 소림에서 추격에 나섰기 때문이다.

강호의 뭇 영웅이 자신을 추격할 때는 오히려 그들을 비웃으며 유유히 악행을 해대던 장명도 소림의 고승들이 나섰다는 소식을 듣는 순간 더 이상 하남과 하북에 머물 수 없다는 것을 깨달았다.

그래서 그는 일단 대운하를 타고 항주까지 내려갔는데 끈질긴 소림의 추격자들은 항주까지 그를 따라봤다.

그래서 장명은 다시 장강을 타고 올라 사천으로 이동했다. 그러자 소림의 고승들이 당문과 아미의 도움을 받아 다시금 사천에서 그를 찾아냈다.

결국 장명은 천하에 자신이 갈 곳이 없다는 것을 깨닫게 되었다. 그에겐 결국 두 가지 길만 남아 있었다.

하나는 자결하는 것, 둘은 소림의 무승에게 잡혀가 대마두만 가둔다는 소림의 금옥에 갇혀 평생을 사는 것이 그것이었다.

그래서 그 두 가지 길을 두고 고심에 고심을 하던 그에게 천재일우의 세 번째 길이 나타났다. 바로 지왕종문의 출현이었다.

북두회조차도 지왕종문을 함부로 공격하지 못한다고 했다. 더군다나 지왕종문의 인간들은 자신 같은 마도의 인물, 그의 발길이 지왕종문으로 향한 것은 당연한 일이었다.

그렇게 지왕종문을 찾은 장명에게 맡겨진 일은 그의 기대와 달리 대혈산에 위치한 지왕종문의 성을 지키는 경비무사였다.

처음 그 일이 맡겨졌을 때 장명의 마음은 비참하기 이를 데 없었다. 그가 누군가, 강호 뭇 협사의 추격을 물리친 자이며 대소림의 고승들까지 나서게 한 일세의 마두가 아닌가.

그런데 겨우 문을 지키는 문지기라니… 그대로 지왕종문을 박차고 나와 서역으로 도주할까 고민하던 장명은 그러나 한 사람을 만난 후 생각이 변했다.

그가 바로 총관 하근이었다.

하근은 그의 재주를 알아보고 그에게 자신의 사람이 될 것을 제안했다. 장명은 고심 끝에 그 제안을 수락했다.

그리고 시작한 지왕종문의 문지기 생활은 비참했지만 견딜 보람이 있었다.

약속은 지켜졌다. 하근은 이 년이 지나지 않아 장명을 열두 개의 조로 이뤄진 지왕종문 현무대의 조장 중 한 명으로 만들어줬다.

그리고 다시 삼 년이 지난 최근 들어서는 현무대주의 자리까지 욕심낼 정도로 장명의 신분을 끌어올려 주었다.

물론 장명은 그런 하근에게 언제든 심장까지 내줄 것처럼 충성을 다했다.

그러나 인생사 언제나 그렇듯이 불행이 다시 그를 찾아왔다.

어느 날 갑자기 그의 절대적 후원자인 하근이 강호에 나갔다가 돌아오지 않았다. 들리는 소문에는 십자성이라는 신진 세력에게 사로잡혔다고 했다.

갑작스레 후원자를 잃은 장명의 신세는 그야말로 끈 끊어진 연처럼 위태로워졌다.

현무대 조장 자리를 지키는 것도 버거웠다. 더군다나 현무대주의 자리를 두고 경쟁하던 자들의 암살까지 걱정해야 하는 처지까지 몰리자 장명은 다시 지왕종문을 떠날지를 심각하게 고민하기 시작했다.

아마도 그것 때문이었으리라. 평소라면 절대 하지 않을 실수였다.

성루에서 주변의 움직임을 잊고 거취에 대해 깊은 고민에 빠져 있었던 것이 실수였다. 그래서 이 어린놈에게 쥐도 새도 모르게 납치를 당하는 수모를 당한 것이다.

적어도 장명은 그렇게 믿고 싶었다.

타탁타탁!

사내가 나뭇가지 몇 개를 모닥불에 던져 넣었다. 그러자 모닥불의 열기가 한층 강해졌다.

"으으!"

지왕종문 현무대 오 조의 조장 장명이 소리를 질렀다. 그러나 천이 가득한 입은 신음 소리밖에 내지 못했다.

"성주님, 시작할까요?"

문득 어둠 속에서 중년 사내가 입을 열었다. 그리고 그제야 장명은 이 초립을 쓴 젊은 놈이 혼자가 아님을 깨달았다.

"아직 힘이 남아 있는 것 같은데……."

초립의 사내가 대답했다.

그러자 중년 사내가 말했다.

"시간을 줄이지요."

"좋도록 하시오."

초립의 사내가 허락하자 갑자기 장명에게 몽둥이세례가 퍼부어졌다.

퍽퍽퍽!

"으으으!"

팔과 발목이 묶인 장명은 오직 비명만 지를 수 있었다. 그나마도 입이 막혀 동굴 밖으로 새어 나가지 못하는 비명이다.

중년 사내의 매질은 거의 이각 동안 계속됐다. 그러자 일대의 마두 장명도 더 이상 버티지 못하고 축 늘어졌다. 간간히 흘리는 신음도 곧 죽을 것같이 소리가 작았다.

"된 것 같습니다."

중년 사내가 고개를 돌리며 말했다.

원 황실의 호위무사였던 쿠샨이다.

쿠샨의 말에 적풍이 그때까지 쓰고 있던 초립을 벗었다. 성을 떠날 때와는 또 다른 한층 더 강렬한 기운을 흘리는 적풍의 얼굴이 드러났다.

"시작합시다."

적풍이 말했다.

그러자 쿠샨이 장명의 입을 막고 있던 천을 꺼냈다.

"으으으!"

숨 쉬는 것이 편해진 장명이 좀 더 날카로운 신음 소리를 흘렸다.

"지금부터 묻는 말에 대답을 잘해야 한다. 대답이 마음에 들지 않으면 다시 맞게 될 거다. 그때는 뼈가 가루가 될 거야. 물론 죽지 않을 만큼만 맞게 되겠지만… 그러니 서로를 힘들게 하는 행동은 하지 않기를 바란다."

쿠샨이 장명을 일으켜 앉히며 말했다.

"대, 대체 누구요? 왜 날……?"

"넌 대답만 하면 된다. 알겠지?"

"아, 알았소."

장명 같은 자는 본능적으로 자신의 살길을 찾아내는 능력이 있다. 그의 본능이 이럴 때는 그저 상대의 말에 복종해야 한다고 말하고 있었다.

"이름이 뭐지?"

"자… 장명이라 하오."

"장명이라… 왠지 익숙한데?"

쿠샨이 장명의 턱을 들어 올려 그의 얼굴을 세심하게 살피며 중얼거렸다. 그러나 얼굴만으로는 장명의 내력을 알아낼 수 없었다.

"모르겠군. 뭐, 아무튼 지왕종문에서 어떤 일을 맡고 있지?"

쿠샨도 장명이 자신의 과거를 설명하면 강호에 떠돌던 그의 이름을 기억해 낼지도 몰랐다. 그러나 적어도 지금은 지왕종문의 경비무사 장명과 황하 일대에서 악명을 떨치던 마인 장명을 연결시키지 못했다.

"현무대 오 조의 조장이오."

"호오! 조장씩이나? 제법 괜찮은데요."

쿠샨이 적풍을 돌아봤다. 그러자 적풍이 가볍게 고개를 끄떡였다.

"지왕종문의 경비를 맡고 있느냐?"

성벽 위에서 서성이고 있었으니 능히 짐작할 만한 일이다.

"그, 그렇소."

"좋아. 아주 제대로군."

쿠샨이 무릎을 쳤다. 그러고는 갑자기 옆에 놓여 있던 짐꾸러미를 주섬주섬 뒤져 지필묵을 꺼내 들었다.

장명은 무슨 해괴한 짓거리를 하느냐는 표정을 지었지만, 감히 다시 고통을 겪을 용기가 없어 그저 쿠샨이 하는 일을 지켜볼 뿐이었다.

쿠샨은 장명 앞의 땅을 고른 후 그 위에 질긴 가죽을 깔고 다시 그 위에 종이를 펼쳤다.

"지금부터 지왕종문 내부의 지형을 그려라. 나무 하나 바위

하나라도 기억나는 것이 있으면 모두 그려야 해. 특히 길과 건물은 반드시 하나도 빼놓지 말고 그려야 한다. 나중에라도 네가 그린 것이 실제와 다르면 그땐… 오늘 네가 겪은 고통 따위는 기억도 나지 않을 정도의 고통을 경험하게 될 것이다. 알겠느냐?"

"아, 알겠소."

"특히… 너조차도 들어갈 수 없는 금지들은 빼놓으면 안 돼."

쿠샨이 다시 경고했다.

"설마… 지왕종문에 들어가 도둑질이라도 하려는 거요?"

장명이 호기심을 참지 못하고 물었다.

"아직 힘이 덜 빠졌구나?"

쿠샨이 빙그레 웃었다.

"아, 아니오! 바로 그리겠소."

장명은 악랄한 심성, 빠른 발, 그리고 독한 암기술에 더해 비상한 머리도 가진 자다.

그는 거의 본능적으로 자신의 살길을 찾는 자여서 지금은 그저 시키는 대로 그림이나 그리는 것이 유일한 살길임을 알고 있었다.

장명의 손에 붓을 쥐어준 쿠샨이 적풍 옆으로 다가와 앉았다. 그러고는 조심스레 말했다.

"지금이라도 다시 생각해 보시는 것이 어떻겠습니까?"

"이미 결정한 일이오."

"하지만……."

"뒤나 잘 준비해 주시오."

"그야 여부가 있겠습니까만⋯⋯."

"이봐!"

갑자기 적풍이 화선지에 열심히 지왕종문의 지형을 그리고 있는 장명을 불렀다.

"⋯⋯?"

장명이 두려운 눈으로 적풍을 바라봤다.

"염화마군은 성에 있나?"

"아, 아니오. 마군님은 얼마 전 출도하셨소."

"이유는?"

"그게 뭐라더라⋯ 그 무슨 천무객이라는 놈을 잡으러 가셨다는데, 정확한 것은 나도 모르겠소. 솔직히 천무객이란 놈 하나를 잡으러 마군께서 나가셨을 것 같지는 않소."

"그럼 성은 누가 통제하지?"

"법사님과 지의장님께서 하시오."

"법사는 누구고 지의장은 누구냐?"

적풍이 다시 물었다.

"지의장님은 지왕삼장 중 한 분으로 마군님의 제일 심복이시오. 법사님은⋯ 솔직히 나도 잘 모르겠소."

"기억을 되살려 줄까?"

"저, 정말이오. 정말 그분에 대해서는 잘 모르오. 갑자기 얼마 전에 나타났는데 마군께서 출성하시면서 종문의 대소사를 그분께 일임하셨소. 그래서 문도들 모두 놀라고 있소이다."

"음……."

장명의 말에 적풍이 나직하게 신음성을 흘렸다. 짐작되는 일이 있기 때문이었다.

"그자들을 회복시킨 건가?"

만인뇌 하근이 말했던 비밀스런 석실의 인물들이 깨어났을 가능성이 가장 컸다. 그 일을 위해 천의비문의 의원들을 전력을 다해 찾았던 염화마군이 아닌가.

"회복되었다면 정말 위험한 일입니다."

쿠샨이 다시 걱정스럽게 말했다.

"시간이 없다는 뜻이기도 하오."

"시간이 없다니요?"

"염화마군이 천의비문의 의원들을 데려간 목적이 달성되었다면 비문의 의원들을 어찌 대하겠소?"

"그렇군요. 토사구팽이라… 하지만 너무 걱정 마십시오. 그일이 아니더라도 비문의 의원은 쓸모가 많은 사람들입니다."

"그렇긴 하지. 그러나 적어도 대우는 크게 달라질 거요."

"고생은 하겠지요."

쿠샨이 고개를 끄떡였다.

"그래서 내게 시간이 없다는 거요. 어떤 일을 당하고 있는지 모르니까."

"하지만 만약의 경우라도 마군의 수하들이 완치되었다면 그들은 성주께 큰 위협이 될 겁니다."

"상관없소."

"밀지에 들어가 그들을 조용히 구해 오는 일은 거의 불가능한 일입니다. 결국 저들과 부딪히게 될 텐데 마군의 수하들이 회복되었다면……."

"그 일이 아무 소용없었다는 걸 깨닫게 되겠지."

"그게 무슨……?"

"더 이상 회복조차 할 수 없는 상태로 만들어주면 되오."

"성주……!"

쿠샨이 놀란 표정을 지었다.

쿠샨은 적풍이 은밀하게 지왕종문에 침입해 천의비문의 의원들을 구해낼 거라 생각하고 있었다.

그 일을 위해 애써 지왕종문에서 장명이란 자를 데려온 것이 아닌가. 그런데 지금 적풍의 말을 들으면 혼자 지왕종문을 모두 상대할 것 같은 기세다.

"염화마군이 없다면 괜찮소."

쿠샨의 걱정을 읽은 적풍이 그를 안심시켰다.

"하나……."

"필요한 일이오. 이번 일이 끝나면 지금까지와는 반대로 염화마군 철륵의 발이 묶일 거요."

"그건 또 무슨 말씀이십니까?"

쿠샨이 물었다.

"그가 없는 동안 이곳에서 벌어진 일은 그에게 큰 충격을 줄 거요. 물론 두려움도 함께 말이오. 언제든 자신의 본거지가 공격당할 수 있다는 것을 깨닫게 되면 그는 쉽사리 강호로 나오지 못할 거요."

"그렇긴 하지요."

"이후엔 북두회가 움직일 거요. 그때 우린 조용히 이득을 챙기면 되오."

"계획대로만 된다면 그보다 좋을 수는 없지요."

여전히 쿠샨이 걱정이 앞서는 모양이었다.

"일은 반드시 그리될 거요."

반면 적풍은 자신 있는 표정이다.

화선지에 대혈산 지왕종문의 지형을 그리고 있는 장명은 저게 무슨 미친놈들 헛소린가 하는 생각을 하며 힐끔힐끔 두 사람을 곁눈질하고 있었다.

지왕종문의 무서움을 누구보다 잘 알고 있는 자가 장명 바로 그 자신이기 때문이었다.

그로서는 설마 하니 십자성주가 직접 이곳에 홀로 왔으리라고는 꿈에도 생각할 수 없었다.

장명은 거의 두 시진에 걸쳐 대혈산 지왕종문의 지형을 그려냈다.

뛰어난 화공은 아니어도 암기술을 쓰는 자라 그런지 손재주는 있었다. 그가 그린 대혈산의 지형도는 무척 섬세했다.

애초에 장명 같은 자는 충성심이란 것을 이해조차 하지 못하는 인물이었다.

이득을 위해서는 언제라도 지왕종문에 등을 돌릴 수 있는

자가 그렸다. 하물며 그의 목숨이 걸린 일이니 당연히 최선을
다해 적풍과 쿠샨을 만족시키려는 장명이었다.

"좋군."

적풍은 장명이 그린 지형도가 마음에 들었다. 쿠샨은 장명
의 지형도를 아주 세세하게 살피고 있었다.

그러다가 쿠샨이 장명에게 물었다.

"이 두 곳이 금지란 말인가?"

"그렇소."

장명이 고개를 끄떡였다.

"두 곳 중 천의비문의 의원들이 있는 곳은 어딘가?"

"여기요."

장명이 손으로 산 동쪽에 위치한 동굴을 가리켰다.

"확실한 거지?"

"그렇소."

장명이 대답했다.

"이곳엔 뭐가 있지?"

쿠샨이 이번에는 북쪽 금지에 대해 물었다.

"거긴 뇌옥이 있는 것으로 알고 있소."

"뇌옥이라면 여기 있지 않은가?"

쿠샨이 서쪽에 그려진 건물을 손으로 짚으며 물었다.

"거긴 일반 옥사고 북쪽의 뇌옥은 특별한 곳이오. 그러니 금
지 아니겠소?"

"어떤 자들이 갇혀 있지?"

"그건 나도 잘 모르오."

"그대도 갈 수 없는 곳이다?"

"그렇소. 그런데……."

장명이 말꼬리를 흐렸다.

"뭐냐?"

"날 살려주긴 할 거요?"

장명은 스스로 거래를 할 줄 아는 자라고 생각하고 있었다. 이쯤이면 자신의 목숨을 걸고 거래를 할 때라고 판단한 모양이었다.

"글쎄, 그건 네게 달린 문제지."

쿠샨이 대답했다.

"날 살려주겠다고 약속한다면 내 그 뇌옥의 비밀을 말해주리… 악!"

갑자기 장명이 한쪽 다리를 부여잡았다. 어느새 다가온 적풍의 검이 그의 다리를 꿰뚫고 있었다.

"네 대답은 그렇게 중요치 않아. 궁금하면 가보면 되니까."

"사, 살려주시오. 모두, 모두 말하겠소."

"날 지루하게 만들지 마라."

적풍이 경고하고는 본래 그가 있던 곳으로 돌아가 앉았다.

"이봐, 날 상대해. 그래야 편해."

쿠샨도 적풍의 행동에 놀랐는지 장명을 보며 나직하게 말했다.

"알았소, 알았소. 그러니 어서 지혈을… 이러다 나 진짜 죽겠소."

장명이 붉은 피가 계속 흐르는 자신의 허벅지를 보며 사정했다. 그러자 쿠샨이 능숙한 손길로 혈도를 막아 지혈을 하고 흰색 가루 환약을 꺼내 장명의 상처에 뿌렸다.

그러자 장명의 상처에서 뿌연 연기 같은 것이 일어났다.

"악! 이, 이게 대체 뭐요?"

장명이 허벅지에서 전해지는 고통을 참지 못하고 소리쳤다.

"참아, 고통스러워도 효과는 좋으니까. 봐, 벌써 피가 멎었잖아?"

쿠샨의 말에 장명이 상처를 보니 정말 피가 멎고 상처가 타들어간 듯 뭉개지고 있었다.

"대체 당신들은……?"

"하던 말이나 계속해 봐. 누가 갇혀 있지?"

"제길… 정확히는 정말 모르오. 다만 그곳의 경계를 서는 자들이 현무대 삼 조인데 그 조장이 지난번에 술을 먹고 잠깐 실수로 입을 연 적이 있소."

"뭐라던가?"

"정확히는 듣지 못했소. 말을 꺼내다 말아서. 그런데 이골… 뭐라던 것 같았소."

순간 적풍과 쿠샨이 동시에 서로를 바라봤다.

이골마족이다.

하근이 말한 대로 염화마군은 이골마족을 찾고 있었고, 일정 부분 성과가 있었다는 의미다.

"어쩌시렵니까?"

"글쎄……."

이번에는 적풍도 망설였다.

설루는 구하는 일이 먼저였다. 그 일에선 여차하면 사자검을 뽑을 결심도 서 있는 적풍이었다.

그러나 다른 사람들까지는 그도 부담스러웠다. 하물며 설루와 함께 있을 천의비문의 의원들조차도 필요하다면 포기할 수 있는 적풍이었다.

'갇혀 있는 이골마족까지……?'

의문이 생긴다.

"절대 무리하시면 안 됩니다."

쿠샨은 관심 두지 말기를 바라는 것 같았다.

"알고 있소."

적풍이 고개를 끄떡이면서 다시 지형도로 시선을 돌렸다. 그러다가 문득 눈빛을 빛내며 장명에게 물었다.

"이 뒤는 뭔가?"

적풍의 손이 금옥이 있다는 뒤편을 가리켰다.

"대혈산 아니오?"

장명이 퉁명스레 대답했다.

"아니, 그 산 너머."

"대혈산은 석산이라 북쪽은 수백 척의 절벽이오. 그 아래로 황하의 지류가 흐르고 있고……."

"유속은?"

적풍이 물었다.

"너무 급해서 배도 띄울 수 없소. 커다란 바위가 계곡에 즐비해 한마디로 난공불락인 곳이오."

"나쁘지 않군."

적풍이 중얼거렸다.

"성주, 무슨 생각을 하시는 겁니까?"

쿠샨이 걱정스런 표정으로 물었다.

"탈출로를 변경해야겠소."

"설마……?"

"배도 띄울 수 없는 유속이라면 저들의 추격도 불가능하겠지."

"아아, 그러지 마시오, 그러지 마시오. 그랬다가는 모두 죽소."

갑자기 장명이 도리질을 하며 소리쳤다.

"무슨 말인가?"

"유속이 문제가 아니오. 말했지만 그 강 아래가 모두 바위란 말이오. 아무리 무공이 대단한 자도 뛰어내려서 성할 자는 없소. 가루가 되고 말 거요. 당신들이 죽으면 난 어쩌란 말이오? 이곳에서 굶어 죽을 수밖에 없는데……."

장명이 도리질을 하며 소리쳤다.

그러나 그의 생사 따위 적풍이 알 바 아니다.

"나쁘지 않군."

적풍은 오히려 만족한 표정을 지었다.

"성주, 격류에 바위라면… 위험합니다. 성주께서야 어찌 가능하실지도 모르지만 다른 사람들은… 특히 부인께서는……."

쿠샨의 지적은 옳았다.

적풍의 무공이라면 격류로 뛰어내려도 살 가능성이 있었다. 그러나 다른 사람들은 불가능하다. 쿠샨이 만류하는 것은 당연했다.

"천하를 떠돌며 살던 예전에 말이오, 잠시 고려에 머문 적이 있었소."

갑자기 적풍이 어린 시절이야기를 했다.

"갑자기 옛일은 왜……?"

"당시 그곳의 아이들과 겨울이 되면 연을 만들어 날리며 놀았소."

"설마……?"

"아주 질긴 놈으로 가죽 천을 준비해 주시오. 그러면서도 최대한 얇고 가벼워야 하오. 사람이 날 수야 없겠지만 떨어지는 속도는 많이 줄어들 거요. 그 이후야 각자 운명에 맡길 뿐이고."

"성주, 그렇게까지 할 필요가……?"

"지금 내겐 사람이 필요하오."

적풍이 단호하게 말했다. 그가 가장 믿을 수 있는 자들이 신혈의 피를 지닌 자들임을 쿠샨이 모를 리 없다.

"결심이 서셨군요."

"그렇소."

"알겠습니다. 하면 준비하지요."

"그리고 그대는 이자를 데리고 강의 하류, 배를 띄울 수 있는 곳에서 기다려 주시오."

"알겠습니다."

쿠샨이 순순히 대답했다.

그와 그의 아버지 전마 적황은 한 번 결심을 한 일은 하늘이 무너져도 실행에 옮기는 사람들임을 알고 있기 때문이었다.

제8장
재회

이 땅에서 흔히 볼 수 없는 거대하고 특별한 성(城)이었다.

어둠 속에 웅크리고 있는 성을 보자 불현듯 다시 지왕종문의 뿌리가 궁금해진다.

그들이 신혈을 피를 가지고 있고 아니고는 중요치 않았다. 신혈의 피를 가진 자들이라도 서로의 뿌리는 다를 수 있으니까.

"어디서 이런 기이한 성을 짓는 법을 알았을까?"

적풍이 핏빛 노을에 물들어가는 대혈산 지왕종문의 산성을 보며 중얼거렸다.

자로 잰 듯 잘라낸 돌들을 촘촘히 쌓아 올린 성벽은 그야말로 난공불락으로 보였다.

바람 한 점 드나들 수 없을 것 같은 성벽을 지나면 둥근 원과 칼날 같은 직선이 만들어내는 건물들이 또 다른 성벽처럼 늘어서 있었다.

지붕의 모양도 역시 마찬가지여서 마치 커다란 돌덩이들을 옮겨다 놓은 것 같은 건물들이 지왕종문의 성에 가득했다.

이 건물들은 성이 공략당하면 아주 유용한 방어막으로 사용될 것이 분명했다.

얼핏 보면 무림문파의 본거지가 아니라 변경 이족들의 침입을 막기 위해 세운 둔병들의 성처럼 보였다.

"역시 화공은 어렵겠어."

건물들 거의 모두가 벽돌과 석재를 이용해 지어져 있었기에 적룡마가에서처럼 화공을 사용할 수는 없었다.

"어쩌면 더 좋을지도……."

화공을 쓸 수 없는 대신 건물에 창이 적어 성을 비추는 빛도 적었다. 성벽만 넘을 수 있다면 은밀히 움직이기에는 오히려 안성맞춤인 지왕종문의 성이었다.

적풍이 너른 바위에 벌렁 드러누웠다. 하늘 위로 붉은 석양이 지왕종문을 향해 몰려가는 것이 보였다.

쿠샨은 장명을 데리고 떠난 지 이미 오래다. 적풍의 곁에는 쿠샨이 구해 온 얇지만 질긴 양가죽들이 둘둘 말려 있었다.

적풍은 자정까지는 기다릴 생각이었다. 적풍의 성품이 과단하다고 해도 적어도 설루를 만날 때까지는 은밀히 움직여야 한다는 것 정도는 알고 있었다.

설루를 만나기 전에 소란을 피우면 지왕종문의 마인들은 가장 먼저 천의비문 의원들을 안전한 곳으로 옮겨놓을 것이다.

"후우… 여전히 날 기다리고는 있는 것일까?"

적풍이 혼잣말로 중얼거렸다.

설루를 데리러 왔지만 그녀가 과연 지금까지 자신을 기다리고 있을지는 확신할 수 없었다. 어쩌면 그간 다른 사람이 생겼을 수도 있었다.

시간이 얼마인가? 십 년이 넘었다. 그 세월을 사람의 마음이 이겨내는 것은 쉽지 않은 일이다.

그러나 그야 어쨌든 적풍은 지왕종문으로 들어가 볼 생각이었다. 설혹 설루가 다시 그에게 돌아오지 않는다 해도 일단은 설루를 만나봐야만 한다.

적풍은 그렇게 지왕종문이 바라보이는 산비탈의 거대한 바위에 누워 드디어 붉은 석양이 사라지고 그 자리를 검은 밤하늘이 채우는 것을 지켜봤다.

별이 성글게 드러나고, 밤하늘을 따라 이동하기 시작했을 때도 적풍은 그대로 누워 있었다.

사나운 일을 앞두고 있었지만 이상하게도 마음은 편했다. 그가 해야 할 일들이 아주 사소한 것처럼 느껴지기까지 했다.

그러다가 문득 밤하늘을 가로지는 유성 하나가 적풍의 눈에 들어왔다. 홀연히 하늘 북쪽에서 나타난 유성은 무서운 속도로 지왕종문을 향해 떨어지는가 싶더니 거짓말처럼 허공에서 사라졌다.

적풍이 몸을 일으켰다.

그의 눈에 달빛이 뿌려지는 지왕종문이 보였다. 적풍이 청룡검으로 바위를 짚고 일어섰다.

"루… 이제 간다."

적풍이 나직하게 뇌까리고는 훌쩍 몸을 날렸다. 그러자 그의 몸이 사라진 유성처럼 허공을 가르며 산 아래로 날아가기 시작했다.

*　　　*　　　*

밤새가 성벽을 날아 넘었다.

서늘한 밤기운에 몸을 움츠리고 있던 경비무사들의 시선이 자연스레 밤새의 움직임을 따라갔다. 그래서 그들은 그 순간 하나의 그림자가 그들의 발밑을 지나 성벽을 넘는 것을 보지 못했다.

성벽을 넘은 적풍은 성벽 안쪽에 드리워진 그늘 속에서 잠시 걸음을 멈췄다. 그러자 성벽 위에서 두런두런 이야기 소리가 들렸다.

"참 기분이 더럽군. 스산한 게 말이야."

"그러게 말이야. 요즘 들어 왠지 불안해… 마군께서 안 계셔서 그런가?"

"음… 자세히는 모르지만 아무튼 심상찮은 일들이 벌어지고 있는 것 같네."

"젠장, 오 조장이 사라져서 그런가? 마음이 더 불안한 것 같아."

"그러게 말이야. 그는 어디로 간 걸까?"

"낸들 아나? 어쩌면 종문에선 더 이상 기회가 없다고 생각하고 떠난 것일 수도 있겠지."

"하긴 하 총관께서 십자성에 잡혀간 이후 오 조장의 신세가 처량해지긴 했어."

잠시 침묵이 이어졌다. 그리고 긴 한숨 뒤에 다시 대화가 이어졌다.

"후우… 솔직히 말해도 되지?"

"그럼! 우린 종문에 들기 전부터 친구 아닌가?"

"하긴 자넬 믿지 못하면 누굴 믿겠는가? 우리가 장성 넘어 천산에 이르기까지 함께 강호를 호령했던 시간이 얼만데……."

"그래, 하고 싶은 말이 뭐야?"

"음… 솔직히 말하자면 종문을 떠난 오 조장이 부럽기도 하네."

"그게 무슨 대단한 말이라고……."

"그래도 이런 말이 대주 귀에 들어가면 우린 그날로 죽음이야. 종문의 법규가 얼마나 엄혹한지 자네도 잘 알지 않는가?"

"제길 나도 그게 불만이야. 무슨 말을 제대로 할 수도 없으니. 애초에 우리가 무림을 평정하러 왔지 노예가 되려고 온 건 아니지 않나."

"그래서 하는 말 아닌가? 오 조장이 부럽다고."

"제길 그럼 우리도 이참에……."

목소리가 더욱 낮아졌다.

"아서. 오 조장이 사라진 이후 감시가 심해졌어. 그리고 오 조장은 추격을 피할 능력이 되지만 솔직히 우린… 나중에 기회를 노리자고. 강호의 바람이 심상찮으니 기회가 없겠나?"

"하긴 이럴 때일수록 신중해야지. 아무튼 혹시라도 기회가 생기면 우리도 움직이자고."

"알겠네. 차라리 마적질이 낫지 이건 노예나 다름없으니……."

'그 기회 내가 만들어주지!'

생각보다 지왕종문이 그리 탄탄한 세력은 아니었다. 성벽은 견고하고 건물들은 단단하지만 그 안에 살고 있는 자들의 마음은 그렇지 않았다. 이런 조직은 위기가 닥치면 모래성처럼 흩어지게 마련이다.

적풍은 내심 성벽 위에서 지껄이던 자들에게 대답을 해주고 어둠 속으로 움직였다.

돌과 벽돌로 지어진 건물들은 지왕종문의 내부의 길을 미로처럼 만들고 있었다. 지리를 모르는 사람이 들어오면 도저히 방향을 찾을 수 없는 그런 구조였다.

그러나 적풍은 서슴없이 걸음을 옮겼다. 그의 머릿속에는 장명이 그려준 지왕종문의 지형도가 들어 있어서 길을 찾는 것이 그리 어렵지 않았다.

더군다나 미로가 만들어주는 어둠이 오히려 움직임을 더 수월하게 만드는 면도 있었다.

경비무사들 역시 성벽과 성문에는 촘촘한 편이었지만 성 내부에는 그리 많지 않았다.

적풍은 순식간에 성의 남쪽에서 북동쪽까지 이동했다. 그러자 건물 간의 간격이 조금씩 벌어지더니 급기야 소나무로 우거진 숲이 나타났다.

'숲의 끝이라고 했지?'

적풍이 장명의 말을 떠올렸다.

송림 끝에 비동이 있고 그 안쪽으로 여러 개의 석실이 있다고 했다. 그리고 그 안에 설루가 있었다.

적풍이 깊게 숨을 쉬며 송림을 노려봤다. 지금까지는 편하게 왔지만 비동에 가까워질수록 싸움은 피할 수 없는 일이 되고 있었다.

그나마 밤이 깊어 경비가 허술하다면 운 좋게 비동 앞까지는 적의 눈을 피할 수 있겠지만, 거기서부터는 싸우지 않고 비동 안으로 들어갈 방도가 없었다.

적풍이 가볍게 주먹을 말아 쥐었다. 그러고는 훌쩍 신형을 날려 송림을 향해 질주했다.

빛은 북서쪽에서 들어오고 있었다. 적풍이 시선을 돌리니 밖에서는 숲에 가려 보이지 않던 자그마한 장원 한 채가 눈에 들어왔다. 빛은 그 장원에서 흘러나와 송림 사이로 흐르고 있었다.

빛이 나오는 곳에 대한 호기심이 일었지만 지금 호기심이나 채우고 있을 때는 아니었다.

"훗!"

나직하게 숨을 토해내며 적풍이 속도를 높여 몸을 날렸다. 워낙 비호처럼 달리던 속도라 약간의 힘만으로도 그의 몸이 허공으로 떠올랐다. 그러자 그의 앞을 막아서던 바위가 어느새 그의 발밑에 있었다.

"누구냐!"

바위를 막 날아 넘으려는 순간 기다렸던 반응이 나왔다. 적풍이 망설이지 않고 검을 썼다.

팟!

한 줄기 선혈이 허공에 뿌려졌다.

적풍의 앞을 막아서던 지왕종문의 마인 한 명이 그대로 그 자리에 고꾸라졌다.

적풍은 달리던 속도를 늦추지 않았다. 다행히 길은 비동이 있는 곳까지 곧게 이어져 있었다.

스스슥!

동료가 죽었음을 뒤늦게 확인한 지왕종문의 마인들이 빠르게 길 양옆에서 달려 나왔다.

파파팟!

달리는 속도를 거의 줄이지 않고 펼쳐진 적풍의 진천벽력검법에 길을 막아서던 자들이 갈대처럼 꺾여 나갔다.

"적……!"

속절없이 쓰러진 누군가의 입에서 억눌린 목소리가 흘러나왔다. 그러나 그 목소리는 숲의 전체, 혹은 비동 입구까지 도달하기에는 턱없이 약했다.

그래서 숲에서 비동에 이르는 길을 지키고 있던 적들을 순식간에 베어버린 적풍이 더 이상은 아무런 방해 없이 단번에 비동 입구까지 치달았다.

"누구냐?"

비동 앞에 이르러서야 제대로 적풍을 막아서는 자들이 나타났다.

'여덟……'

적풍이 속으로 적의 숫자를 셌다. 비동 앞을 지키는 자들은 모두 여덟이었다. 그중 구레나룻을 무성하기 기른 험상궂은 자가 도를 뽑아 들고 적풍을 막아섰다.

적풍의 청룡검이 다시 검기를 뿜어냈다. 마치 검속에 숨어 있던 신룡이 살아 날뛰는 듯한 검기다.

"이… 이놈!"

불문곡직하고 공격을 해대는 적풍을 향해 사내가 노성을 터뜨리며 도를 휘두르려는 순간 어느새 다가온 검기가 그의 도와 그를 한 번에 베어버렸다.

"끄윽!"

제대로 된 비명을 지를 사이도 없었다. 적풍의 검에 당한 상대가 그대로 허물어졌다.

"침입자다!"

"놈을 죽엿!"

동료가 당하는 것을 눈앞에서 본 지왕종문의 마인들이 일제히 도검을 빼 들고 적풍에게 달려들었다.

순간 적풍의 눈에서 검은 기운이 솟구쳤다. 그리고 그의 왼손이 사자검을 빼 들었다.

크릉!

사자검에서 살아 있는 사자가 내는 듯한 소리가 흘러나왔다. 적풍이 좌우 양손에 사자검과 청룡검을 든 채 적들 사이로 뛰어들었다.

두 개의 빛이 순식간에 허공을 교차했다. 한쪽은 마른하늘에서 떨어지는 벽력처럼 눈부셨고, 다른 한쪽은 세상의 모든 빛을 빨아들이는 것처럼 검고 형형했다.

그 두 빛이 만들어내는 검로에 따라 다시 또 다른 빛이 섞여 들었다. 붉은 핏빛이었다.

"악!"

"크악!"

적풍은 잠들어 있던 신혈의 기운을 모두 깨웠다. 검은 기운에 휩싸인 적풍은 그야말로 지옥에서 올라온 죽음의 사자 같았다.

여덟 명의 지왕종문 마인이 한순간에 적풍의 기운 속에서 소멸했다.

픽!

적풍의 사자검이 절벽을 꿰뚫었다.

"으으으!"

가장 마지막까지 살아남은 지왕종문의 마인이 두려움에 바지를 적시며 신음 소리를 흘렸다. 그러자 상대의 눈에 자신의 얼굴을 들이대며 적풍이 물었다.

"천의비문의 의원들은 어디에 있느냐?"

"모, 모른… 컥!"

상대를 구슬리거나 협박해서 답을 얻어낼 시간이 없었다. 지금부터는 시간의 싸움, 답을 하지 않는 상대를 닦달하는 것보단 직접 들어가서 찾는 것이 빠르다. 비동이 넓어야 얼마나 넓을 것인가.

마지막 적을 쓰러뜨린 적풍이 석실 안으로 뛰어들었다.

"웬 놈이… 악!"

비동을 따라 진입하는 적풍을 막아선 또 다른 적이 일검에 고꾸라진다.

다행인 것은 비동 안은 밖보다 경비무사가 많지 않다는 것이었다.

아마도 이 비동이 금역의 땅이기에 경비무사를 최소한만 배치한 듯 보였다. 그리고 그것이 적풍의 움직임을 수월하게 만들었다.

적풍의 눈에 첫 번째 석실이 보였다. 그 안에서 세 명의 지왕종문 마인이 주춤거리며 일어섰다.

적풍이 그대로 적들에게 날아들며 사자검을 뿌렸다. 그러자 검은 기운에 휩싸인 검기가 미처 도검도 뽑지 못한 적들을 휩쓸었다.

파팟!

지왕종문의 마인들은 제대로 반항도 못 해보고 그들이 있던 석실 안으로 밀려 들어가 너부러졌다.

적풍이 재빨리 석실을 살폈다. 쓰러져 꿈틀거리는 자들 말고는 더 이상의 사람이 없다. 그렇다면 이곳은 비동 안을 지키는 자들의 거처였을 것이다.

적풍이 지체하지 않고 다른 비동을 찾아 달렸다.

곧이어 또 다른 석실이 모습을 드러냈다. 그런데 이번 석실은 그 분위기가 첫 번째 석실과는 사뭇 달랐다.

보랏빛이 나는 야명주가 그 입구를 비추고 있었고, 석실 안쪽에서 차가운 냉기가 흘러나오고 있었다.

적풍이 몸을 날려 왼쪽 벽을 차고는 그대로 직각으로 몸을 틀어 석실 안으로 들어갔다.

그러나 애초에 그런 조심성은 필요 없는 것이었다. 석실 안에는 살아 있는 사람이 없었던 것이다. 대신 영롱한 빛을 발하는 청옥관에 일곱 명의 시체 같은 자가 누워 있었다.

"이자들이군!"

적풍은 단번에 이들의 정체를 알아챘다. 이들이야말로 지왕종문의 총관이었던 만인뇌 하근이 말한 염화마군 철륵의 수족

일 것이다.

항주금가를 멸하고 신동초를 취해 갈 때 동행했다던 그들, 그 이후 어떤 이유에선지 부상이 깊어져 비동에 은거한 채 천의비문 의원들을 필요로 한다는 바로 그들일 것이다.

"이제 보니 은거가 아니라 잠들어 있었군. 가사 상탠가? 뭐, 그야 무슨 상관인가."

적풍이 망설이지 않고 사자검을 휘둘렀다.

쩌쩌정!

사자검이 석실을 휩쓸자 수정관들이 사방으로 무너져 내렸다. 성한 사람도 죽을 판에 무너진 수정관에 깔리고 튕겨져 나온 자들이 성할 리 없었다.

적풍이 난장판이 된 석실을 뒤로하고 다시 걸음을 옮겼다.

생각 같아서는 일일이 확인해 목숨을 끊어주고 싶었지만 지금은 그럴 시간이 없었다. 염화마군 철륵에게 남길 선물은 이 정도로 충분했다. 지금은 설루를 찾을 때였다.

콰쾅!

"이게 무슨 소리죠?"

설루가 급히 자리에서 일어났다.

석실에 있던 다른 세 명의 천의비문 문도도 소리가 난 쪽으로 시선을 돌렸다.

자정을 넘은 시간이었지만 천의비문의 문도들은 잠자리에 들지 않고 있었다.

본래 평소에도 늦게 잠을 청하는 편이지만, 오늘 유독 잠자리가 늦은 이유는 아직 화수 유취려가 돌아오지 않았기 때문이었다.

　유취려는 우다문의 치료를 위해 비동을 떠나 있었는데 오늘따라 유독 늦어지고 있었다.

　그러나 천의비문의 문도들은 유취려의 귀환이 늦어지는 것을 크게 걱정하지는 않았다. 오늘은 우다문을 치료하는 것 말고도 유취려가 달리 할 일이 있기 때문이었다.

　법사 모악에게 사침을 시술하는 날이 바로 오늘이었다. 그래서 평소보다 한 시진 정도 늦을 것은 예상하고 있었던 일이었다.

　그런데 기다리던 유취려는 돌아오지 않고 갑자기 비동이 무너지는 듯한 소리가 터져 나오니 놀라지 않을 수 없었다.

　천의비문의 문도들이 자연스레 한쪽으로 모여 섰다. 그리고 그들은 본능적으로 설루의 앞을 가로막았다.

　처음에는 이질적이었지만 어느새 천의비문의 문도들을 설루를 자신들이 지켜내야 하는 어린 사매로 생각하고 있었다.

　설루와 비문 의원들의 시선이 석실 입구 쪽으로 향했다. 그들의 눈에 마치 먹구름이 몰려오는 듯한 어두운 기운이 다가드는 것이 보였다.

　"뭐지?"

　비문의 의원 중 맏이인 유온이 중얼거렸다. 그러나 누구도 그의 말에 대답을 할 사람은 없었다. 그들은 그저 다가오는 어둠의 정체를 기다리고 있을 뿐이었다. 그리고…….

스윽!

한 사내가 석실 입구에 나타났다. 머리에는 초립을 써 얼굴을 가리고 있었고, 전신에선 검은 기운들이 구름처럼 일어나고 있었다.

"누, 누구냐?"

석실 입구에 나타난 자의 형상이 워낙 괴기스러웠기에 천의비문의 문도들이 자신들도 모르게 뒤로 물러서며 소리쳐 물었다.

그런데 그렇게 비문의 문도들을 공포에 떨게 만든 자가 석실의 문 앞에서 더 이상 움직이지 않았다. 비문의 의원들에게 뭔가를 요구하지도, 혹은 양손에 들고 있는 검을 휘둘러 그들을 공격하지도 않았다.

"누… 구요?"

그나마 가장 연장자인 유온이 애써 두려움을 누르며 물었다. 그러자 이 기이한 불청객이 천천히 얼굴을 가리고 있던 초립을 벗었다.

그러자 초립 아래서 굴강한 적풍의 얼굴이 드러났다. 각진 턱, 깊고 날카로운 눈빛, 꽉 다문 입술… 누가 봐도 패기가 넘쳐흐르는 강렬한 모습이다.

초립을 벗은 적풍의 시선이 천의비문의 문도들 뒤에서 두려운 눈으로 자신을 바라보고 있는 설루에게 향했다.

순간 설루의 눈동자가 흔들렸다.

익숙한 기운, 익숙한 얼굴이다. 그러나 이 기이한 청년이 자신이 알고 있던 그 누군가인지 명확하게는 떠오르지 않았다.

적풍은 설루가 자신을 알아보지 못하는 것에 내심 실망했다.

그러다가 문득 자신의 실수를 깨달았다. 신혈의 기운을 끌어 올린 지금의 모습은 아마 어머니 유하조차도 제대로 알아보지 못할 것이다.

그걸 깨닫는 순간 적풍을 휘감고 있던 검은 기운들이 숨죽듯 가라앉았다. 그리고 검고 깊었던 그의 눈동자도 제자리를 찾아왔다. 그러자 그 순간 설루가 외쳤다.

"구천!"

설루의 목소리를 듣고서야 적풍의 입가에 미소가 지어졌다.

"가자!"

적풍이 설루를 향해 손을 내밀었다.

설루가 어리둥절해하는 비문의 문도들을 헤치고 달려 나와 적풍을 부둥켜안았다.

"정말… 너야?"

"너무 늦었지?"

적풍이 가볍게 설루의 어깨를 팔로 두르며 물었다.

"여긴 어떻게 온 거야?"

설루가 급히 물었다.

"당연히 널 데리러 왔지."

"어떻게 알고?"

"그 이야기는 나중에 하고 일단 여길 나가자."

"어… 어떻게?"

지왕종문의 마인들이 이미 비동의 변고를 알아채고 비동으로 몰려오고 있을 것이다.

탈출은 생각하기 어려웠다.

"걱정 말고 날 따라와."

적풍이 설루의 손을 잡고 몸을 돌렸다. 설루가 엉겁결에 적풍을 따라 걸음을 옮기려는데 뒤쪽에서 천의비문의 문도 유온이 급히 설루를 불렀다.

"사매!"

"사형……!"

설루가 걸음을 멈추고 유온을 돌아봤다.

"시간이 없어."

적풍이 그런 설루를 재촉했다.

"하지만 나 혼자 갈 수는 없어."

설루가 고개를 저으며 말했다. 적풍의 시선이 유온 등 천의비문 문도들에게로 향했다.

"길을 열 거요. 그러나 목숨까지 지켜줄 수는 없소. 따라올 사람은 따라오고, 남을 사람은 남으시오."

적풍이 베풀 수 있는 최대한의 호의다. 사실 적풍으로선 천의비문 문도들의 생사에는 관심이 없었다.

"화, 화수 님을 두고는 갈 수 없소."

"화수?"

"내 스승님이야."

설루가 얼른 말했다.

"어디 있지?"

"소주란 자를 치료하러 갔어."

"소주?"

"우리가 깨운 사람 중 하난데… 염화마군도 그에게 복종해."

"그런 자가 있었어?"

적풍이 되묻자 설루가 고개를 끄떡였다.

불쑥 호기심이 생긴다. 지왕종문의 주인이 따로 있었다니 놀랄 만한 일이다. 그러나 호기심으로 시간을 지체하다가는 이곳을 벗어나지 못할 수 있었다.

"루, 우린 시간이 없다."

"하지만 스승님을 두고 갈 순 없어. 그분은… 고향에서 날 구해주셨고, 내게 의술과 무공을 가르쳐 주셨어. 무엇보다… 너와 네 어머니를 찾아 천의비문을 스스로 떠나셨던 분이야."

설루의 말에 적풍이 눈이 살짝 흔들렸다.

"우릴 찾아?"

"그래… 과거의 일을 많이 미안해하서."

"그러나 이미 벌어진 일이지."

적풍의 대답이 차갑다.

그 순간 설루는 적풍에게서 예전과 다른 이질감을 느꼈다. 십 년의 세월 동안 그녀도 변했지만 적풍도 변해 있었던 것이다.

"그분 탓이 아니었어. 그 일은……."

설루가 고집을 부렸다. 다른 사람은 몰라도 설루의 고집은 적풍에게 효과가 있었다. 설루를 두고 갈 수는 없기 때문이었다.

"어디지? 소주라는 자의 거처가?"

"송림 북서쪽 건물이야."

적풍은 설루가 말한 곳이 어딘지 금세 생각해 냈다. 송림에 들어섰을 때 유일하게 빛을 발하던 북서쪽의 작은 장원임을 당장에 알 수 있었다.

"일단 비동부터 나가자!"

적풍이 이제는 더 이상 머뭇거릴 시간이 없다는 듯 설루의 팔목을 끌었다. 그러자 설루가 깃털처럼 가볍게 적풍에게 이끌렸다.

"우… 우린 어쩌죠?"

석실에 남아 있던 비문의 문도 중 가장 막내인 임화가 당황한 표정으로 물었다.

그러자 유온이 입술을 깨물며 말했다.

"일은 이미 시작됐다. 비록 우리가 벌인 일은 아니지만 우리와 연관이 없다고도 할 수 있으니 남아 있으면 우린 죽는다."

"그럼……!"

"일단은 화수 님이 계신 곳까지만이라도 따라간다."

유온이 서둘러 적풍과 설루의 따라가기 시작했다.

은은한 약향이 흐르는 실내, 따스한 여우 털로 만든 태사의에 우다문이 눈을 감고 편하게 누워 있었다. 몸 곳곳에 은침이 박혀 있는데도 우다문의 얼굴은 평온하기 이를 데 없었다.

그로부터 삼 장여 떨어진 곳에선 모악이 역시 몸에 은침을 꽂고 있었는데 특히 심장보다 높이 들어 올린 발바닥에는 다섯 개의 침이 묘한 균형을 이루며 꽂혀 있었다.

조용한 실내에서는 두 사람을 사이를 번갈아 오가며 그들을 살피고 있는 유취려의 발걸음 소리만 미세하게 일어나고 있었다.

그런데 유취려가 우다문의 몸에 꽂은 침을 발침하기 시작했을 때 갑자기 우다문이 입을 열었다.

"그 아이는 왜 안 오지?"

"누구 말이오?"

"그 설루라는 아이 말이야."

"그대들을 치료하는 데 그 아이는 굳이 필요가 없소."

"흐흠… 그래? 날 피하는 건 아니고?"

"……."

유취려가 우다문의 질문에 묵묵부답 말이 없다.

"날 피하는 게 맞군. 두려운가?"

"그대를 두려워하지 않을 사람이 누가 있겠소? 지왕종문의 주인인데."

"그런 말이 아니고… 내게 마음을 뺏길까 봐 두려운가 싶단 말이지."

우다문의 말에 유취려가 잠시 손을 멈추고 우다문을 바라봤다. 우다문이 빙글거리며 유취려의 대답을 기다렸다.

"그대는 그 아이의 마음을 끌 만큼 매력적인 사람은 아니오. 솔직히……."

"그래? 이상하군. 불의 성에 있을 때 난 무척 인기가 좋았는데? 내가 취한 여자만도 수십 명이 넘는걸?"

"불의 성이 어디에 있는 것이오?"

"글쎄… 법사의 말로는 아주 먼 곳이라고 하더군."

"자신이 있던 곳이 어딘지도 모른단 말이오?"

"그러게. 그래서 우린 법사가 필요하지. 고향으로 돌아갈 길을 아는 사람은 오직 그 하나니까."

우다문이 고개를 돌려 여전히 몸에 침을 꽂고 있는 모악을 바라봤다.

"당신들은 참 이상한 사이구려."

"후후, 맞는 말이야. 우린 정말 이상한 사이지."

그러자 문득 모악이 입을 열었다.

"소주, 절 믿으셔도 됩니다."

"아아, 내가 법사를 못 믿는다는 말은 아니야. 우리야 한 운명으로 묶인 사람들인걸. 하지만 뭐 그리 살갑지는 않잖아? 아무튼 내가 하고 싶은 말은 난 여자들에게 제법 인기가 많았다는 거지."

"그건 당신의 지위 때문일 수도 있소."

유취려가 다시 우다문의 몸에서 침을 뽑으며 말했다.

"내 지위도 나의 일부야. 재물이나 지위를 보고 날 따랐다고 해서 그게 내가 아닌 다른 사람을 따른 것은 아니잖아?"

"세상에는 가끔 마음으로만 누군가를 따르는 사람도 있소."

"그게 설루라는 그 아이다?"

"그렇소. 그러니 그 아이는 포기하시오."

"후후, 누가 강제로 그 아이를 취한다고 했던가? 하지만 포기는 못 하겠는걸? 난 심미안이 있어. 그 아이는 내가 본 여인 중 가장 아름다워. 그래서 한번 시험해 보려고. 계속 그 아이 마음을 두드려 볼 생각이야. 과연 사람의 마음이 얼마나 단단한지… 흐흐흐!"

우다문이 나직하게 실소를 흘리는 바로 그때였다.

콰앙!

갑자기 문 밖 저 멀리서 천둥 같은 굉음이 들려왔다.

"뭐냐?"

모악이 문 쪽을 보며 소리쳤다.

그러자 문 밖에서 누군가의 목소리가 들렸다.

"비동 쪽이 소란합니다."

"비동이?"

모악이 눈살을 찌푸리며 되묻다가 유취려를 보며 급히 말했다.

"침을 뽑아주시오."

"아직 시간이 안 되었소."

"나중에 다시 합시다. 내일이라도!"

모악의 말이 워낙 단호해서 유취려가 더 이상 반대하지 않고 모악의 침을 회수했다. 그러자 모악이 벌떡 자리에서 일어나더니 우다문에게 말했다.

"다녀오겠습니다."

"법사까지 가실 필요가 있겠나? 지의장이 벌써 나왔을 텐데……."

"그래도 무슨 일인지는 알아봐야지요."

"음… 뭐, 그러시구려."

"화수께선 여기 계시오."

"석실에 아이들이 있습니다."

유취려가 돌아갈 의사를 내비쳤다. 그러자 모악이 고개를 저었다.

"비동에 문제가 생긴 거라면 지금은 누구도 들어갈 수 없소. 그리고 우린 그대의 안전이 무엇보다 중요하오."

하긴 틀린 말이 아니었다.

유취려에게 일이 생기면 모악은 물론 우다문까지 백 일 안에 혈맥이 터져 죽고 말 것이기 때문이었다.

"법사의 말대로 해. 그대는 여기 있어."

우다문이 명령처럼 말했다. 그까지 나서면 유취려가 이곳을 벗어날 방법은 없다.

"알겠소. 하지만 이걸 알아두시오. 그 아이들에게 무슨 일이 생기면 나 역시 같은 길을 갈 거라는 걸."

"후우! 그거야 어디 두고 봅시다."

모악이 가볍게 한숨을 쉬고는 급히 방문을 박차고 나갔다.

쿠쿵!

아름드리 소나무 서너 그루가 좌우로 쓰러졌다. 그러자 막혔던 길이 열렸다.

"이놈 멈춰라!"

적풍은 송림 북서쪽에 있는 우다문의 거처를 향해 길을 열고 있었다. 그 앞을 지왕종문의 마인들이 막아섰다. 순간 적풍의 청룡검이 여지없이 허공을 갈랐다.

설루를 이끌어야 해서 사자검은 거둔 지 오래였다.

"악!"

적풍의 검 아래 앞을 막은 자가 튕겨져 나가며 비명을 질렀다. 적풍이 왼손으로 설루의 팔목을 잡고 다시 앞으로 전진했다.

비동에 변고가 생긴 것을 알고 달려온 지왕종문의 마인들이 감히 적풍을 막아서지 못하고 주춤거리며 뒤로 물러섰다. 그러면서도 도검을 가슴 앞쪽에 들어 올려 언제라도 적풍을 공격할 태세다.

"막는 자는 모두 죽는다!"

언제 다시 썼는지 얼굴을 가린 검은색 초립 아래서 적풍이 으르렁댔다. 그 목소리가 워낙 살벌해서 그에게 손이 잡혀 있는 설루조차도 부르르 몸을 떨었다.

적풍의 경고는 효과가 있었다. 지왕종문의 마인들이 슬금슬금 좌우로 물러서며 적풍에게 길을 열어줬다.

지왕종문의 마인 중 애초부터 염화마군 철특을 따르던 자는 거의 없었으므로 그들에게 지왕종문은 목숨을 걸고 지켜야 할 문파가 아니었다.

길이 열리자 적풍이 아예 설루의 허리를 한 손으로 감싸 안고 가볍게 몸을 날렸다. 그러자 그와 설루가 한 덩어리가 되어 송림 사이를 바람처럼 전진했다.

두 사람 뒤로 천의비문의 문도들 역시 거리가 멀어질세라 바짝 따라붙었다.

그렇게 일행이 우다문의 처소 가까이에 이르렀을 때 갑자기 그들 앞에 불같은 눈을 가진 자가 떨어져 내렸다.

"멈춰라!"

날카로운 눈매에 잔혹해 보이는 입술, 그리고 무엇보다 전신을 휘어감은 붉은 기운이 인상적인 사내다. 제대로 분노한 지왕삼장의 우두머리 지의장 탐모였다.

탐모는 자신의 거처에서 비동의 소란 소식을 듣고 지왕종문의 고수들을 이끌고 급히 달려오는 중이었다.

적풍이 걸음을 멈췄다. 그리고 단번에 사내의 정체를 알아봤다.

'지의장 탐모.'

만인뇌 하근으로부터 들었던 염화마군의 삼대충복, 지왕삼장 중 한 명인 지의장 탐모가 분명했다. 그 특별해 보이는 외모를 설명하던 하근의 말은 한 치의 어긋남도 없었다.

"웬 놈이냐?"

지의장 탐모가 나직한 목소리로 물었다. 분노를 억누른 그의 모습이 마치 먹이를 노리는 늑대와 같다.

"네가 탐모군."

적풍이 혼잣말처럼 중얼거렸다.

"날… 알아?"

"철특의 충직한 개라고 들었다."

"놈!"

탐모가 욕설을 토해내며 적풍을 향해 달려들었다.

낮게 깔리는 그의 몸이 마치 땅에 누운 듯했다. 그러나 그속도는 감히 사람의 움직임이라고 말할 수 없을 정도로 빨랐다.

적풍이 들고 있던 청룡검으로 땅을 찍었다.

쿵!

탐모의 바로 눈앞에서 청룡검이 무거운 굉음을 일으켰다. 그순간 땅거죽이 일어나 탐모의 길을 막듯 허공으로 솟구쳤다.

"음!"

탐모가 나직한 신음성을 토해내며 그가 있던 본래의 자리로물러났다. 그러자 이번에는 탐모를 향해 적풍이 몸을 날렸다. 그의 손에서 가볍게 움직인 청룡검이 한순간 거대한 폭풍으로변했다.

고오오!

청룡검이 공기를 가르는 소리가 용의 울음처럼 일어났다.

청룡검의 검신을 따라 푸른색 검기가 길게 꼬리를 물고 일어났다. 검기의 머리는 이미 탐모의 목을 치고 있었다.

"흡!"

적풍의 강력한 반격에 탐모가 헛바람을 일으키며 옆으로 몸을 틀었다. 그러면서도 그의 손에 들린 검이 허공에 떠오른 적풍의 하체를 빠르게 찔렀다.

탐모의 목을 향해 떨어지던 적풍의 청룡검이 탐모의 검과 격돌했다.

쩡!

한순간 날카로운 쇠성이 터져 나오면서 탐모의 검이 부러져나갔다.

"이… 놈!"

단번에 자신의 검을 부러뜨린 적풍의 무공에 당황하고 분노한 탐모가 손에 공력을 모아 적풍의 머리를 후려쳤다.

쿠웅!

탐모의 장력이 바람을 가르며 적풍의 정수리를 내려치려는 순간, 갑자기 그의 손이 적풍의 머리 위에서 뚝 하고 멈췄다.

"너… 너……?"

탐모가 경악스런 눈으로 적풍을 바라보며 입을 열려고 했지만 그는 한마디 말도 제대로 내뱉지 못했다. 그리고 붉게 물들었던 눈이 급격하게 잿빛으로 변했다.

"끄으윽!"

탐모의 입에서 사람이 내는 소리 같지 않은 신음성이 흘러나왔다. 그의 얼굴에서 혈색이 급격하게 사라졌다. 그러고는 그의 얼굴이 마치 불에 그은 사람처럼 검게 변하기 시작했다.

쿵!

전신의 피부색이 검게 변하기 직전에 숨이 끊긴 탐모의 몸뚱어리가 땅에 쓰러졌다.

탐모의 시신을 바라보는 적풍의 왼손에는 어느새 뽑았는지 사자검이 신령스런 검은빛을 드러내며 번뜩이고 있었다.

숨을 거둔 탐모의 눈은 아직도 자신에게 일어난 일을 믿을 수 없다는 듯 부릅떠져 있었다.

그런데 그런 의구심은 죽은 탐모만 가진 것이 아니었다.

적풍을 막아섰던 지왕종문의 마인들, 그리고 그의 뒤를 따르고 있던 설루를 비롯한 천의비문의 문도들 역시 적풍의 무공에 혼란스러워하고 있었다.

탐모가 누군가, 염화마군 철륵을 제외하고는 지왕종문에서 세 손가락 안에 꼽히는 고수였다.

그런 탐모를 단 삼 초 만에 베어버린 적풍에게서 지왕종문의 마인들은 두려움을 넘어선 그 이상의 감정을 느꼈다.

그건 공포스런 경외감이었다. 혹은 혼을 빼앗긴 듯한 당황스러움 같은 것일지도 몰랐다.

"막는 자는 죽는다. 누구라도!"

적풍의 경고가 사람들을 현실의 세계로 되돌려 놓았다. 지왕종문의 마인들이 두려움에 떨며 주춤주춤 뒤로 물러났다.

그런데 그때였다. 빛이 흘러나오는 숲의 북서쪽, 적풍이 가고

자 하는 송림 속 장원 앞에서 누군가의 목소리가 들려왔다.

"놈을 막아라! 절대 길을 열어줘선 안 된다. 죽음으로라도 놈을 막아라. 명을 어길 시 마군의 형벌을 감당해야 할 것이다!"

날카롭고 소름 끼치는 경고다.

적풍이 눈을 들어 명을 내린 자를 바라봤다.

중년의 모습에 바짝 마른 몸, 칼날처럼 날카로운 눈빛은 소름 끼치게 강렬해서 적풍이 서 있는 곳까지 안광이 닿는 듯했다.

명을 내린 자는 법사 모악이었다. 모악은 칼날 같은 안광을 적풍에게 쏘아 보내고는 건물 안으로 사라졌다.

그사이 모악의 명에 정신을 차린 지왕종문의 마인들이 다시 적풍의 앞을 막아서기 시작했다.

"피로 길을 내야 한다면… 마다치 않으마!"

적풍이 사자검과 청룡검을 양손에 말아 쥐고 적들을 향해 뛰어들었다.

제9장
대혈산의 밤

"무슨 일이던가?"

어두운 안색으로 급히 안으로 들어서는 모악을 보며 우다문이 물었다. 언제나 소름 끼칠 정도로 여유 있던 그의 표정도 살짝 굳은 듯 보였다.

"잠시… 몸을 피하시는 것이 좋을 것 같습니다."

모악이 말했다.

순간 우다문의 표정이 변했다. 백옥 같던 그의 얼굴은 더욱 창백하게 변했고, 반면 그의 눈에서는 완벽하게 정제된 듯한 열기가 한 줄기 빛과 함께 흘러나와 모악의 두 눈을 관통했다.

유취려는 그 순간 놀라운 광경을 목격했다. 천하를 손 위에 올려놓고 희롱할 것 같던 모악이 그 순간만큼은 자신도 모르게 두려움에 고개를 숙였다.

그리고 그서야 유취려는 이자, 지왕종문의 소주라는 우다문의 진면목을 보았다. 왜 염화마군 철륵과 모악이 우다문을 그토록 소중하고 두려운 존재로 생각하는지 오늘에서야 그 이유를 깨닫게 된 것이다.

"다시 말해봐."

우다문이 나직하게 말했다. 그러나 그 목소리에 유취려는 소름이 끼쳤다.

"잠시… 피하시는 것이……."

"감히 나에게 도주하라고 말하는 것인가?"

"보통 놈이 아닙니다."

모악도 대단한 심력을 가지고 있어서 우다문을 두려워하면서도 자신이 할 말은 다 하고 있었다.

"어떤 잔데?"

"지의장이 죽었습니다."

"응?"

우다문도 이번에는 놀란 표정을 짓는다. 지의장 탐모가 어떤 인물인지는 모악보다도 그가 더 잘 알고 있었다.

"탐모가 죽어?"

"그렇습니다."

"몇이나 되나? 적이……."

"그것이… 싸우는 자는 단 하납니다."

"왜 왔지?"

우다문은 침입자에게 호기심이 생긴 모습이었다.

"아마도······."

모악의 시선이 유취려에게로 향했다. 그러자 우다문의 눈길이 모악을 따라가다 의외라는 듯 물었다.

"설마 천의비문의 의원들을 구하러?"

"확실치는 않으나 비문의 의원들이 놈을 따라 움직이고 있습니다."

"그런 고수가 비문에 있었나?"

우다문이 유취려에게 물었다.

"본 문에 그런 고수는 없소."

유취려가 대답했다.

비문의 의원들이 침을 암기로 쓰는 신묘한 무공을 숨기고 있기는 해도 혼자 지왕종문을 상대할 절대고수는 없었다.

만약 그런 고수가 있었다면 오늘날 비문이 이런 지경에 처하지도 않았을 것이다.

"그래? 그럼 이상하군. 왜 비문의 고수들이 그를 따라 움직이지?"

"그야 나도 모르는 일이오."

"하긴 의원도 이곳에 줄곧 있었으니 알 수 없지. 그런데 법사."

"예, 소주!"

모악이 대답했다.

"그런 자를 만나보지도 않고 도주할 수는 없지 않은가?"

"그러나 너무 위험합니다. 완전히 회복하신다면 모를까……."

"그래서 말인데, 그대가 만나봐."

"예?"

모악이 갑작스런 우다문의 명에 놀란 표정으로 되물었다.

"법사 말대로 이 몸으로 그런 자를 상대하는 것은 위험한 것 같아서, 내 잠시 뒤에 몸을 숨기고 있을 테니 그를 만나봐. 그리고… 원하는 게 뭔지 알아보라고. 어떤 내력을 지닌 자인지도. 운이 좋아 그런 자를 얻을 수만 있다면 더할 나위 없고……."

"그것이……."

"명이야."

우다문이 냉정하게 말했다. 그러자 모악이 더 이상 이 명을 거절할 수 없다는 것을 깨달았다.

"알겠습니다."

모악이 고개를 숙여 대답했다.

"그리고 의원은 이 침들을 좀 뽑아줘. 일단 움직여야 하니까."

우다문이 태사의에 몸을 기댄 채 유취려를 불렀다.

점점 문밖의 고함 소리와 비명 소리가 그들이 있는 곳으로 가까워지고 있었다. 그럼에도 우다문은 조급한 모습을 보이지 않았다.

유취려는 우다문에게 다가가면서 이 젊고 아름다우며 또한 고약하고 두려운 자가 사실은 대단한 심기를 지니고 있다는 것을 깨달았다.

스슷!

유취려의 손이 가볍게 움직이자 우다문의 몸에 박혀 있던 은침들이 딸려 나오듯 유취려의 손으로 모였다.

"됐나?"

"됐소."

"좋아."

우다문이 어깨를 두어 번 돌리고는 자리에서 일어났다.

그런데 다음 순간 갑자기 우다문이 유취려의 마혈을 짚었다.

"흡!"

갑작스레 마혈을 제압당한 유취려가 노한 눈으로 우다문을 노려봤다.

"아아, 흥분하지 말라고. 나로서도 대비를 해둬야지. 의원이 가버리면 난 백 일 후에 혈맥이 터져 죽는다면서? 안 그런가, 법사?"

우다문이 모악에게 물었다.

"현명하신 판단이십니다."

모악이 대답했다.

"거봐. 법사께서도 잘했다잖아. 자자, 그대도 이리 오라."

우다문이 유취려를 돕기 위해 나와 있던 마중도를 불렀다. 그러자 유취려가 말했다.

"나만 있으면 되는 것 아니오?"

"아니지. 기왕이면 둘이 좋지. 오라!"

우다문이 다시 한 번 마중도에게 말했다.

그러자 마중도가 두려운 표정으로 망설이다 결국 우다문의 말대로 그의 앞으로 다가왔다. 그러자 우다문이 마중도의 혈도를 제압하며 말했다.

"딴생각은 하지 마. 다른 생각을 하는 순간 그대와 그대의 고명하신 스승께선 단번에 죽고 말 테니까."

우다문은 유취려를 지왕종문에 와 있는 천의비문 문도들의 스승으로 지칭하고 있었다.

물론 설루 외에 제자를 들이지 않았던 비문의 문도들에게는 조심스런 말이었지만 유취려는 그 말을 굳이 부인하지 않았다. 지왕종문에 억류되어 있는 동안 그녀는 실질적으로 천의비문의 네 의원에게 자신의 의술을 아낌없이 전수하고 있었기 때문이었다.

"걱정 마시오."

마중도가 차갑게 대답했다.

"좋아. 우린 뒤로 들어가 있자고. 법사, 한번 잘 말해봐!"

우다문이 손까지 흔들어 보이고는 유취려와 마중도를 데리고 거대한 병풍으로 가려진 태사의 뒤쪽 공간으로 들어갔다.

병풍 뒤에는 약간의 공간과 만약의 경우 몸을 피할 수 있는 비도(秘道)가 존재했다. 우다문은 병풍 뒤에서 장내의 사정을 살피다 여차하면 비도를 통해 도주할 생각인 모양이었다.

그런 우다문의 행동을 보며 모악이 쓸쓸한 미소를 지었다.

"언제나 같군."

모악 혼자만이 그 뜻을 알 수 있는 말이었다. 그때 갑자기 거대한 기운이 문 쪽에서 밀려오더니 문과 벽이 한 번에 박살났다.

콰앙!

부서진 잔재들이 방 안으로 밀려 들어왔다. 모악이 훌쩍 뒤로 물러나 튀어 들어오는 잔재들을 피했다.

그러자 기다렸다는 듯 한 사내가 안으로 걸어 들어왔다.

방 안을 밝히고 있던 등불에 사내의 모습이 고스란히 드러났다. 아마도 사내가 지왕종문을 침범한 이후 가장 명확하게 자신의 모습을 보인 때일 것이다.

모악이 검을 빼 들고 사내를 경계했다. 사내는 잠시 자신이 만들어낸 먼지들이 가라앉을 때를 기다렸다. 아니, 먼지가 가라앉기를 기다리는 것이 아니라 누군가를 찾는 듯 보이기도 했다.

그러다가 먼지들이 가라앉을 즈음 뒤이어 장내로 들어온 여인을 보며 말했다.

"없는데?"

"그럴 리 없어."

설루가 다급한 표정으로 적풍 앞으로 나섰다. 그러다가 모악을 보고는 흠칫한 표정을 지으며 걸음을 멈췄다.

"사부님은 어디 계시죠?"

설루가 모악에게 차갑게 물었다.

"무서운 자가 침입했다고 해서 안전한 곳에 모셔두었네."

모악이 대답했다. 잔뜩 적풍을 경계하고 있으면서도 말투에
선 여유를 잃지 않는다.

"당장 사부님을 내놓으세요."

"후후, 그럴 수 없다는 걸 알 텐데? 화수의 손에 우리 목숨이
달렸는데 어떻게 내놓을 수 있겠는가?"

모악이 대답했다. 그러자 적풍이 설루에게 말했다.

"저런 자와는 말을 섞을 필요가 없어."

"하지만 사부께서……"

설루의 말이 중간에 끊겼다. 적풍이 어느새 그녀를 지나쳐
모악을 향해 닥쳐들었기 때문이었다.

팟!

불빛이 좌우로 갈리며 청룡검이 일으킨 검기가 모악을 수직
으로 갈라갔다. 순간 모악의 얼굴이 차갑게 굳어지더니 들고
있던 검을 묘한 각도로 휘둘렀다.

차르릉!

모악의 검에서 기이한 소리가 흘러나왔다. 그러자 그의 검에
서 흘러나온 신비로운 기운이 적풍의 검기를 휘감으며 그 방향
을 비틀려 했다.

하지만 적풍의 검에 실린 힘이 워낙 강해서 한 치도 비껴내
지 못한 모악의 한쪽 팔을 적풍의 검이 관통했다.

퍽!

적풍의 검이 모악의 팔을 자르는 것도 모자라 벼락처럼 모악

뒤에 있던 병풍을 갈랐다.

쩍!

적풍의 검에 격중된 단단한 병풍이 그대로 반으로 갈라졌다. 그러자 병풍 뒤에 숨어 있던 우다문과 혈도를 제압당한 유취려, 그리고 천의비문의 의원 마중도의 얼굴이 드러났다.

우다문은 병풍이 갈라지는 순간 어느새 비도의 문을 열고 그 안쪽으로 유취려를 끌어들인 후 그녀의 목에 검을 들이대고 있었다.

"사부님!"

설루가 유취려를 보고 놀라 소리쳤다.

"호오! 아름다운 제자께서 오셨군. 그동안은 왜 안 왔어? 보고 싶었는데……."

우다문이 위급한 지경에서도 유들거리며 말했다. 그의 얼굴에선 어떤 긴장감도 보이지 않았다.

"사부님께 무슨 짓을 한 거냐?"

설루가 소리쳤다.

"걱정할 필요 없어. 조용히 물러가면 네 사부도 안전할 거야. 사실 나야 젊은 네가 더 마음에 들지만 그래도 의술은 네 사부가 나으니까. 이봐, 친구! 내 말 알아듣겠나?"

우다문이 적풍을 보며 말했다.

"난 네 친구가 아니다."

"아아, 무슨 그런 서운한 말을! 나이도 비슷한 것 같은데……."

"살려주마. 비문의 사람들을 내놓으면!"

"그건 좀 곤란한데. 이들이 없으면 내가 죽어!"

"그럼 더 할 말 없겠군."

적풍이 검을 들고 우다문을 향해 다가가려는 순간 우다문의 검이 번개처럼 움직였다.

"악!"

순간 뒤에 물러나 있던 천의비문의 문도 마중도가 비명을 지르며 피를 뿌렸다.

"사형!"

설루가 소리치며 다가가려는 순간 우다문이 차갑게 경고했다.

"난 받은 건 그대로 갚는 성격이지. 내 사람의 팔을 잘랐으니 너희 중 누군가도 피를 봐야 해. 물론 병신은 되겠지만 죽진 않을 거야. 법사처럼 말이지. 아무튼! 한 걸음만 더 다가오면 이번에는 이 늙은 의원의 목이 날아갈 거야."

"나야 상관없지!"

적풍이 우다문의 경고를 무시하고 그를 향해 가려는 순간 설루가 적풍을 잡았다.

"안 돼!"

"저런 자와는 거래를 하는 게 아냐."

적풍이 설루를 보며 말했다.

"하지만 사부님을 돌아가시게 할 수 없어."

설루가 단호하게 말했다.

"그럼 놓아두고 갈 수밖에 없어. 우린 시간이 많지 않아."

적풍이 말했다.

그러자 우다문의 손에 잡혀 있던 화수 유취려가 침착한 표정으로 설루에게 말했다.

"루야, 그냥 가거라."

"스승님!"

"그 아이지?"

유취려가 물었다.

"네……."

설루가 고개를 끄떡였다.

그러자 유취려가 적풍을 보며 미소를 지었다.

"이제야 오랜 짐에서 벗어나는구나. 루야, 그 아이를 따라서 이곳을 떠나거라. 네가 오랫동안 기다려 온 아이가 아니냐."

"하지만……."

"그 아이에게 우리 천의비문은 어떤 것도 요구할 수 없다. 그 아이는 이미 본 문으로 인해 충분한 고통을 겪었어."

설루에게 말을 하면서도 유취려의 시선은 적풍에게 고정되어 있었다. 그러나 그녀는 적풍의 얼굴을 정확하게 볼 수는 없었다. 초립이 적풍의 얼굴 반을 가리고 있기 때문이었다.

"루를 데리고 이곳을 떠나거라. 내 걱정 하지 말고."

유취려가 이번에는 정확하게 적풍에게 말했다. 그러자 적풍이 대답했다.

"물론 그럴 거요. 당신 걱정 따위도 하지 않소."

"…본 문을 원망하는구나."

적풍의 대답에 날이 서 있는 것을 느낀 유취려가 걱정스런 표정으로 말했다.

"원망하지도 않소."

적풍이 대답했다.

그의 곁에서 설루가 당혹스런 표정을 지었다.

아무리 그들 모자를 버렸다 해도 유취려는 적풍에겐 외가의 큰 어른이었다. 그런데 적풍은 전혀 인연이 없는 사람처럼 유취려를 대하고 있었다.

"원망치 않는다니 다행이구나."

"그래서… 당신의 생사는 내게 별 관심이 없소. 무슨 말인지 아시겠소? 저자를 벨 수 있단 뜻이오."

유취려는 적풍의 말을 금세 알아들었다.

유취려 자신의 생사에 연연하지 않고 우다문을 베고 싶다는 뜻이다. 하긴 우다문 같은 자를 살려두는 것은 큰 화근을 남겨두는 것이었다. 냉정하지만 옳은 선택이라고 할 수 있었다.

그러나 유취려가 허락을 한다 해도 이 일을 절대 용납할 수 없는 사람도 있었다.

"안 돼. 그건 절대 안 돼!"

설루가 적풍을 보며 단호하게 고개를 저었다.

"그는… 위험한 자다."

"사부님은 내 목숨을 구해주셨고, 널 기다릴 수 있는 힘을 주셨어. 내겐 너만큼 소중한 분이야."

"알겠어. 놈을 잠시 살려두지. 하지만 그렇다면 우린 지금 가야 해."

적풍의 말에 설루가 유취려를 돌아봤다. 그러자 유취려가 미소를 지으며 말했다.

"가거라. 난 어떻게든 살아날 수 있으니……."

"사부님……."

"루를 잘 부탁한다."

유취려가 적풍을 보며 말했다.

"내 사람이오. 부탁할 일이 아니오."

"후후, 그렇구나. 그럼 이제 가거라. 지왕종문의 모든 마인이 몰려올 것이다."

"루를 돌봐주신 것 감사하오."

적풍이 가볍게 고개를 숙여 보였다.

"네 사람이라지만 내게도 소중한 제자다. 고마워할 필요 없다. 이별은 짧을수록 좋은 법! 그만 가거라."

유취려의 말이 끝나자 적풍이 잠시 그녀를 바라보다 말했다.

"살아 있으면 언젠가 데리러 오겠소."

"고맙구나."

유취려가 가볍게 미소를 지었다.

"가자!"

적풍이 설루의 손목을 잡았다.

"하지만……."

설루가 유취려를 돌아봤다.

"어서!"

유취려가 손을 저어 설루를 재촉했다. 적풍 역시 설루가 고민할 시간을 주지 않았다.

설루는 한순간 자신의 몸이 허공에 떠오른다고 느꼈다. 그리고 다음 순간 그녀는 이미 어둠 속에 있었다.

"제길… 기분 더럽군."

적풍과 설루가 사라지자 우다문이 중얼거렸다.

"괜… 찮으십니까?"

팔이 잘린 모악이 한 손으로 지혈을 하며 우다문에게 다가왔다.

"지금 내 걱정 할 때가 아닌 것 같은데? 좀 어때?"

"전 괜찮습니다."

모악이 지혈된 팔을 바라보며 말했다.

"치료 좀 해야겠어."

모악이 유취려의 혈도를 풀어주며 말했다. 모악을 치료하란 뜻이다.

유취려가 잠시 망설였다. 마혈이 풀리며 잠겨 있던 단전의 내공이 온몸을 타고 흐르기 시작했다. 지금이라도 우다문을 기습하고 설루를 따라갈 수 있었다.

그러나 다음 순간 유취려의 갈등은 더 이상 이어지지 못했다.

"딴생각은 곧 죽음이지."

차가운 칼날이 유취려의 목에 닿았다. 우다문의 칼이다.

역시 허술해 보여도 누구보다 영악한 우다문이다. 더군다나 최근 들어 우다문의 몸도 많이 회복되어서 이제 그가 어떤 힘을 발휘할지는 유취려조차 가늠할 수 없었다.

더군다나 비문의 제자를 두고 홀로 갈 수도 없는 유취려였다.

"내 사람이 먼저요."

유취려가 우다문의 칼을 밀어내며 천의비문의 문도인 마중도에게 다가갔다.

우다문의 칼에 큰 부상을 당한 마중도의 상태가 예상보다 심각했다. 상처에는 마치 화상 같은 상처가 나 있었는데 아직도 살 속으로 검게 타들어가는 듯 보였다.

"대체 무슨 짓을 한 것이오?"

유취려가 마중도의 상처 부위를 지혈한 후 괴사하고 있는 피부를 살피며 우다문에게 물었다.

"아, 뭐… 내 칼이 좀 위험하긴 하지."

우다문이 대답했다.

"대체… 당신들 정체가 뭐요?"

"후후, 그것보다 그자의 정체를 먼저 말해봐."

"누구 말이오?"

"아까 왔다 간 놈 말이야. 젠장, 하마터면 죽을 뻔했잖아. 그자가 공격을 했다면 막아내지 못했을 거야. 아직은……."

그때만큼은 우다문의 얼굴도 긴장한 듯 보였다.

"나도 모르오."

"낄낄… 서로 좋은 사이가 아닌 것은 알겠어. 하지만 모르는 것 같지는 않던데?"

"루의 사람이오."

"남편이란 건가?"

"그렇소."

"아쉬운 일이야. 주인이 있다더니 과연 기다릴 만한 자였어. 그런데 말이야, 내가 보기에 그 두 사람의 관계가 아니더라도 의원 당신과 그놈도 특별한 인연이 있는 것 같던데… 뭐지?"

우다문이 호기심이 동한 표정으로 물었다.

"오늘 처음 보았소."

"아니, 무슨 그런 말도 안 되는 거짓말을 하는 거야?"

"거짓이 아니오. 그를 본 건 오늘이 처음이오. 예전에 그의 모친과 약간의 인연이 있었을 뿐……."

"아하! 그리된 거군. 그런데 그는 어떤 자지? 어디서 무공을 배웠어?"

우다문에게는 밖에서 벌어지는 적풍과 지왕종문 마인들 간의 싸움 따위는 안중에도 없는 것 같았다.

"그건 나도 모르오."

"그의 어미를 안다며?"

"내가 아는 그의 모친은 무공과는 관계가 없는 사람이었소."

"그래? 살아는 있나?"

"그가 어릴 때 죽었다고 하더구려."

"그래? 그렇다면 그를 돌봐준 누군가가 있다는 말이군. 누굴까?"

우다문이 넌지시 유취려를 바라봤다.

"나도 그게 궁금하오. 어떻게 그가 그렇게 강력한 무공을 얻게 되었는지······."

"정말 모르나 보군."

우다문이 입맛을 다셨다.

그사이 유취려는 마중도의 치료를 마치고 모악의 상처를 살피기 시작했다.

"서둘러 주시오."

모악이 유취려를 재촉했다.

"의원은 시간을 탐하지 않소."

"할 일이 있소."

모악이 단호하게 말했다.

"이 와중에 뭘 하겠다는 거요? 몸이나 추스르시오."

유취려의 대답도 냉정하다.

"그가 떠나기 전에 다시 한 번 만나봐야겠소."

"······?"

"한 가지 확인할 게 있어서 말이오."

모악이 갑자기 자리에서 일어났다.

"치료가 아직 끝나지 않았소."

유취려가 당황한 표정으로 말했다.

"치료가 끝나기를 기다리다가는 그를 놓치겠지. 소주! 놈을 다시 만나야겠습니다."

"잡을 수 있겠나?"

우다문이 의심스런 표정으로 물었다.

"잡자는 것이 아닙니다. 확인하려는 겁니다."

"뭘?"

"놈의 정체 말입니다."

"짐작이 가는 게 있어?"

"어쩌면… 잡혈의 피를 가지고 있을지도 모르겠습니다."

"응?"

우다문이 뜻밖이라는 표정을 지었다.

"나중에 생각해 보니 그리 느껴졌습니다. 특히… 그 검은……."

"검? 칼 말이야?"

"예."

"검이 왜?"

"이곳에선 뽑지 않았습니다만 밖에서는 쌍검을 썼습니다. 그런데……."

"법사답지 않군. 왜 말을 못해?"

"그중 하나에서 신검의 기운이 느껴졌습니다."

"신검? 설마 그 망할 놈의 칠왕의 검을 말하는 건 아니지?"

"설마 그럴 리야 있겠습니까마는 그래도……."

"어라? 정말 칠왕의 검 중 하나일지도 모른다고 생각하는 거야? 이봐 법사, 정신 차려! 그게 왜 여기 있어?"

"그렇지요. 여기 있을 리가 없지요. 아무튼 가보겠습니다."

"좋아, 그럼 가봐. 놈이 누군지도 알아보고."

"예, 소주!"

"조심해. 죽지는 말라고. 다시 그자와 싸우면 법사는 죽고 말 거야."

"조심하지요."

모악이 고개를 숙여 보이고는 훌쩍 밖으로 달려 나갔다.

"잡혈에 칠왕의 검이라… 법사가 미쳤나? 웬 헛소리를……. 이봐 의원, 혹시 그자가 이골마족인가?"

우다문이 유취려에게 물었다.

"모르겠소. 하지만 그 모친은 분명 아니오. 부친은 누군지 모르겠고……."

유취려가 일부러 무심한 표정을 지으며 적풍의 혈통을 숨겼다.

"아비를 모른다면 잡혈의 가능성이 아주 없는 건 아니란 말이군."

우다문이 모악이 달려 나간 곳을 바라보며 중얼거렸다.

"어디로 가는 것이오?"

적풍을 뒤따르던 유온이 숨을 헐떡이며 물었다. 적풍은 지왕종문의 성문이 아닌 대혈산 북쪽의 깊고 가파른 산을 타고 오르고 있었다.

그들의 뒤쪽 멀리서 지왕종문의 마인들이 가히 구름처럼 몰려오고 있었다.

"산을 넘으면 절벽이 있소. 그 아래는 바위가 가득한 격류, 몸을 던지면 십중팔구 뼈가 부서져 죽고 말 지형이오. 그곳에서 몸을 던지시오. 급류를 따라 내려가다 보면 기다리는 사람이 있을 것이오."

적풍이 말했다.

"그게 무슨 소리요? 절벽 아래로 떨어지면 죽는다고 하지 않았소?"

"그래도 살길은 그 길밖에 없소."

"설마 우리보고 모두 죽으란 소리요?"

유온이 따지듯 물었다. 그러자 적풍이 등에 지고 있던 보따리를 내려 풀었다.

적풍이 보따리에서 얇기가 종잇장 같은 가죽 천을 꺼냈다.

넓이는 사방으로 이삼 장, 그러나 워낙 얇아서 모아 쥐면 사람 머리 크기도 되지 않는다.

"내가 해줄 수 있는 건 이것뿐이오. 질긴 가죽으로 만든 것이니 찢어지지는 않을 거요. 무공을 모르는 자라면 이걸 써도 죽겠지만 그대들은 무공을 수련한 사람이니 바람을 잘 타면 살 수 있을 거요."

적풍이 가죽 천을 유온에게 건네고는 다시 보따리를 둘둘 말아 등에 매달았다.

"당신은 가지 않소?"

적풍이 자신의 것을 그대로 보따리 속에 넣는 것을 보며 유온이 물었다.

"들러볼 곳이 있소."

"이 와중에 말이오?"

유온이 의심스런 표정으로 물었다.

적풍이 자신들을 절벽으로 보내놓고 다른 길로 도주하려는 것인지를 의심하는 것이다.

"만나봐야 할 사람들이 있소."

"누굴 말이오?"

"말한들 알겠소? 뭐, 의심스러우면 따라와도 좋소. 하지만 나라면 지금 즉시 절벽으로 가 뛰어내리겠소. 나조차도 그들을 만난 이후의 일은 장담할 수 없으니……."

적풍이 유온의 속내를 알아채고 퉁명스레 말했다.

"사매는……?"

"루는 나와 함께 갈 거요. 이제 우린… 죽어도 함께 죽을 거요. 안 그래?"

적풍이 희미하게 웃으며 설루에게 물었다.

"당연하지. 또 헤어질 수는 없어."

"좋아. 그럼 가자!"

적풍에게 유온의 의심 따위는 아무런 문제도 되지 않았다.

이쯤 되면 그들의 운명은 그들 스스로 결정해야 할 때란 것이 적풍의 생각이었다. 그들이 자신을 따라와도 나쁠 것은 없었다. 싸울 자가 많으면 도움이 되는 법이니까.

그러나 유온과 천의비문의 문도들은 결국 적풍을 따라가지 않았다. 그들의 본능이 적풍이 가는 곳보다는 그가 말한 대로 절벽에서 뛰어내리는 것이 더 살 가능성이 많다고 말하고 있었다.

"우린 절벽으로 가자!"

"사형! 그를 믿어도 될까요?"

천의비문의 문도 유천일이 걱정스런 눈빛으로 물었다.

"안 믿은들 어쩌겠느냐? 길은 하나인데……. 다시 저들에게 붙잡혀 갈 수는 없는 일 아니냐?"

유온이 산 아래서 개미 떼처럼 밀려오는 지왕종문의 마인들을 가리키며 말했다.

"가죠."

유천일이 퍼뜩 자신들의 처지를 깨닫고는 외려 앞서서 산을 오르기 시작했다.

"반드시 놈들을 잡아야 한다."

지왕종문의 고수들이 눈을 부라리며 수하들을 재촉했다. 우두머리들의 재촉에 지왕종문의 마인들이 앞다퉈 산을 넘었다.

산을 넘자 언뜻 산 북쪽 절벽 위에 서 있는 세 명의 사람이 보였다.

"저기다!"

절벽 위 천의비문 문도들을 발견한 누군가가 소리쳤다. 그러자 지왕종문의 마인들이 밀물처럼 절벽 끝으로 밀려갔다.

"사제들! 운명은 하늘에 맡기세."

유온과 그의 사제들은 적풍이 준 얇은 가죽 천의 끝을 둘러

잡고 위태로운 절벽 위에 서 있었다.

"사형, 정말 괜찮을까요?"

유천일이 두려운 표정으로 물었다.

"기호지세(騎虎之勢). 두려워 말고 가세. 이젠 더 이상 이곳에 있기 싫어. 죽든 살든 이곳을 떠나세."

"알겠습니다, 사형!"

그때였다. 살벌한 목소리가 그들의 귀에 들렸다.

"거기 멈춰라!"

어느새 지왕종문 마인들이 이십여 장 안쪽으로 다가들고 있었다.

"가세."

유온이 사제들에게 신호를 보냈다.

세 사람이 서로의 시선을 교환하며 호흡을 하나로 모았다. 그러고는 동시에 땅을 박차고 허공으로 날아올랐다.

"저, 저, 저놈들이!"

도주자들을 향해 달려들던 지왕종문의 마인들이 당황한 표정을 지으며 걸음을 멈췄다. 마치 자살이라도 하려는 듯 도주자들이 절벽 아래로 몸을 던졌기 때문이었다.

지왕종문의 마인들은 이 절벽이 얼마나 위태로운 곳인지 누구보다 잘 알고 있었다.

수직의 절벽 그 자체도 위험했지만 그 아래 바위 가득한 격류는 도저히 사람이 떨어져서는 살 수 없는 곳이었다. 그래서 이쪽으로는 경비무사도 거의 두지 않는 지왕종문이었다.

그런 곳으로 몸을 던졌으니 도주자들이 스스로 죽음을 선택한 것이라고 믿을 수밖에 없었다.

"어찌 되었느냐?"

어느새 모악이 장내에 도착했다.

"절벽 아래로 스스로 몸을 던졌습니다."

"음… 죽음을 택했다고?"

"그런 듯합니다."

"아니야, 절대 그럴 리 없어. 그자가 어떤 자인데……."

모악은 자신의 팔을 자른 자가 절대 스스로 죽음을 택했을 리 없다고 생각했다. 그의 무공은 지금 지왕종문에 있는 마인들 누구보다도 강했었다.

아마도 염화마군 철륵이 와야만 감당할 수 있는 무공일 것이다. 그런 자가 스스로 목숨을 버릴 리 없다.

"그런데……."

갑자기 옆에서 마인 중 하나가 망설이며 입을 열었다.

"뭐냐?"

"이상한 것이 있습니다."

"말하라."

"정확하게 본 것인지는 모르겠지만 절벽에서 몸을 던진 자의 숫자가 셋인 듯했습니다. 처음 도주한 자는 다섯이었는데……."

"확실한 것이냐?"

모악이 날카로운 표정으로 되물었다.

"죄송합니다. 확실치는 않습니다. 그리고 사실 앞서 뛰어내린 자들이 있을 수도 있고……."

말을 꺼낸 마인이 괜히 말했다는 표정을 지으며 죄지은 사람처럼 고개를 숙였다.

"셋이라… 흩어졌을 수도 있다는 건가?"

모악이 고개를 갸웃했다.

그가 자신이 지나온 길을 돌아봤다. 그 어디서도 새로운 소란이 일어난 곳은 없어 보였다.

"그래도 신중해서 나쁠 것은 없지. 모두들 근방을 샅샅이 뒤져라."

"예, 총관 어른!"

지왕종문의 마인들이 누가 먼저랄 것도 없이 대혈산 곳곳으로 흩어졌다.

"대체 어딜 가는 거야?"

설루가 적풍의 뒤에서 속삭이듯 물었다. 두 사람은 어두운 숲을 걷고 있었다.

성의 북동쪽에 위치한 숲은 갈수록 좁아져서 어느 한순간에는 하늘을 찌르듯 서 있는 절벽 사이로 이어졌다.

"다 왔어."

적풍이 대답했다.

"여기가 어딘데?"

"옥(獄)."

"옥? 여긴 왜?"

"만나볼 사람들이 있어."

"이 안에?"

"응!"

적풍이 고개를 끄떡이며 다시 걸음을 옮겼다.

숲이 끝나는 지점에 이르자 십여 장의 공간을 두고 절벽 하단에 난 동굴이 보였다. 그리고 그 앞을 지키는 다섯 명의 무사가 형형한 눈빛을 빛내며 사방을 노려보고 있었다.

이곳에도 성에 일어난 소란이 전해진 모양이어서 경비무사들의 눈빛이 예사롭지 않았다.

"기다려."

적풍이 설루가 미처 물을 사이도 없이 절벽 아래 동굴을 향해 몸을 날렸다.

"웬 놈… 악!"

동굴을 지키던 지왕종문의 마인 하나가 적풍을 발견하고 소리를 지르려는 순간 적풍의 검이 그를 베고 지나갔다.

검에 베인 자가 그대로 허물어져 내리는 순간, 적풍이 검의 손잡이 끝으로 오른쪽에 서 있는 자의 관자놀이를 가격한 후, 그 반탄력을 이용해 그대로 다시 왼쪽 선 자의 목을 찔렀다.

지왕종문의 마인 셋이 연이어 소리도 없이 허물어졌다. 그사이 정신을 차린 다른 두 명의 마인이 황급히 뒤로 물러나 도주하기 시작했다.

그런데 그 순간 숲으로 달아나려던 지왕종문의 두 마인이 거짓말처럼 그 자리에 쓰러졌다.

곧이어 쓰러진 자들을 가볍게 날아 넘은 설루가 적풍 옆에 내려섰다. 가볍고 경쾌한 보법이다.

"어떻게 한 거야?"

적풍이 놀란 표정으로 물었다.

"천의비문이 의술만 뛰어난 곳이 아니야."

설루가 손을 들어 보이며 말했다. 그녀의 손에 날카로운 침이 들려 있다.

"암기로 쓴 건가?"

"평소에는 침이지."

"좋은 놈이군."

"하지만 이렇게 직접 쓰게 될 줄은 몰랐어."

설루가 조금 우울한 표정으로 말했다. 아마도 사람을 상대로는 처음 암기를 쓴 모양이었다.

"죽은 거야?"

적풍이 설루의 암기에 쓰러진 자들을 보며 물었다.

"아니, 정신을 잃었을 뿐이야."

"무림에선 손이 독해야 해."

"아직은 의원이니까."

설루가 대답했다.

그러자 적풍이 더 이상 말하지 않고 고개를 끄떡인 후 설루를 데리고 동굴 안으로 들어갔다.

"무슨 소리지?"

장승같이 거대한 체구를 지닌 여인, 몽금이 철창문으로 다가서며 중얼거렸다.

콰쾅!

연이어 뇌옥 문 저쪽에서 요란한 소리가 들려왔다.

"무슨 일이 생긴 모양이군."

날카로운 눈빛을 빛내며 이들 중 맏이인 궁백이 입을 열었다.

"제길 이놈의 뇌옥 그냥 무너졌으면 좋겠네."

한쪽에서 다른 사내가 고개를 삐죽 내밀고 뇌옥 문을 노려보며 중얼거렸다.

그 순간 지금까지와는 비교할 수 없이 강한 파열음이 터져나왔다.

콰앙!

굉음과 함께 단단하던 뇌옥문이 박살 났다. 그리고 무너진 문으로 희미한 사람의 그림자가 보였다.

지왕종문이 천하를 뒤져 잡아 온 다섯 명의 이골마족이 갇혀 있는 뇌옥이 그렇게 열렸다.

제10장
같은 피의 사람들

스릉!

적풍이 청룡검을 회수하고 사자검을 뽑아 들었다. 그러자 가뜩이나 어두운 금옥이 더욱 어두워졌다.

금옥에 갇혀 있는 궁백 등 오 인은 두려움과 호기심이 동한 눈으로 금옥으로 걸어 들어오는 적풍을 보고 있었다.

설루는 금옥으로 들어오지 않았다. 그녀는 문을 지키며 만약을 대비했다.

뚜벅! 뚜벅!

적풍의 걸음이 십여 장 이어지다가 궁백과 눈이 마주치자 멈췄다.

"누구요?"

궁백이 물었다. 그러자 적풍이 잠시 궁백을 바라보다가 입을
열었다.

"이제 그만 나가지."

"젠장, 무슨 소리요?"

궁백이 자신도 모르게 거친 말을 해댔다.

"그대들에게 자유를 주겠다는 말이다."

"그걸 말이라고 하는 거요? 이곳에 어딘지는 알고나 있소?
여긴 지왕종문의 금옥이오. 누구도 나갈 수 없다는……."

"난 들어왔지 않은가?"

"……."

적풍의 말에 궁백이 한순간 말문을 잃었다. 적풍의 말대로
그는 들어와 있지 않은가.

"대체 당신은 누구요?"

잠시 말문이 막혔던 궁백이 침을 삼키며 물었다. 그러자 적
풍이 한순간 진기를 끌어 올렸다.

우웅!

가장 먼저 사자검이 울었다. 그리고 적풍의 어깨에서 익골이
돌출했으며, 적풍의 눈이 깊이를 알 수 없는 심연의 검은빛을
흘러냈다.

"당신……!"

궁백이 놀란 눈으로 적풍을 바라볼 때 사자검이 허공을 갈
랐다.

쩡!

단 일검에 만년한철로 만들어진 금옥의 쇠창살이 잘려 나갔다.

덜컹!

철문이 떨어져 나와 바닥에 나뒹굴었다.

적풍이 열린 문 안으로 들어가 궁백의 발에 묶여 있는 쇠사슬을 사자검으로 끊어버렸다.

쩡!

보통의 검으로는 절대 끊을 수 없는 쇠사슬이 새끼줄처럼 끊겨 나갔다. 그 모습을 보고 있던 궁백과 다른 신혈족들의 눈에 광채가 번뜩였다.

사자검이 연이어 허공을 갈랐다.

그러자 궁백의 옥과 다른 옥을 가르고 있던 철장이 잘려 나가고 또 한 명의 신혈족이 자유를 찾았다.

적풍은 그렇게 다섯 명의 신혈족을 금옥에서 꺼냈다.

자유를 찾은 신혈족들은 자연스럽게 적풍의 곁에 모여들었다.

그러면서도 그들에게는 일말의 불안감이 있었다. 비록 자신들을 구하기는 했으나 적풍의 의도를 알 수 없기 때문이었다.

생명의 위험을 감수하고 파옥(破獄)을 했다는 것은 분명 자신들에게 원하는 것이 있다는 의미일 것이다. 비록 상대가 그들과 같은 신혈의 피를 가진 자라 하더라도.

"우리에게 원하는 것이 뭐요?"

금옥에 갇혀 있던 다섯 명의 신혈족 중 대형으로 불리며 우두머리 노릇을 하고 있던 궁백이 적풍에게 물었다.

"그건 지왕종문을 벗어난 후에 이야기하지."

"목적을 모르는 자를 함부로 따라갈 수는 없소."

"그럼 남아 있든가. 다른 건 몰라도 한 가지는 약속할 수 있다. 내가 하는 일에 동참하길 원치 않는다면 자유롭게 떠날 수 있다는 것. 그건 약속할 수 있어. 믿든 안 믿든 그건 그대들의 마음이고. 자, 갈 사람은 가자고! 이곳에서 말씨름이나 하고 있을 시간은 없으니까."

적풍이 그 말을 하고는 미련 없이 신형을 돌렸다.

궁백 등이 따라오든 말든 그건 그들 자신의 몫이란 뜻이 분명했다.

적풍이 걸음을 옮기자 다섯 명의 신혈족이 서로 눈빛을 교환했다. 그러고는 누가 먼저랄 것도 없이 적풍의 뒤를 따랐다.

이 금옥을 벗어날 수만 있다면 그가 누군들 자신의 영혼도 팔 수 있다고 생각했던 그들이기 때문이었다.

입구까지는 막아서는 자들이 없었다. 동굴을 벗어난 일행이 숲으로 들어섰을 때에야 적을 만났다.

"놈들이닷!"

서로 좋은 운은 아니었다.

적풍 일행을 발견한 지왕종문의 마인은 적풍을 막고 싸우는 대신 큰 소리로 동료들을 불렀다.

이미 적풍의 무서움을 알고 있기에 홀로 싸울 생각이 없었던 것이다. 적풍 일행에게는 안 좋은 선택이었다. 그러나 그렇다고 싸움을 피하고 동료를 부른 지왕종문 마인의 결정이 그를 구하지는 못했다.

픽!

소리쳐 동료를 부른 자의 가슴에 번개처럼 창이 꽂혔다.

"악!"

지왕종문의 마인이 창과 함께 이삼 장을 날아가 땅에 박혔다.

"솜씨 좋구나!"

적풍을 따라 나온 신혈족 중 한 명이 소리쳤다. 창을 던진 자를 칭찬하는 말이었다.

창을 던진 자 역시 뇌옥에서 나온 신혈족 중 한 명이었는데, 이십 대 중반의 나이로 다섯 명의 신혈족 중 가장 젊은 청년이었다.

키가 늘씬하고 얼굴 생김이 시원시원해 여인들의 마음을 흔들 만한 청년이었다.

"창 좀 쓴다고 했잖습니까?"

"그러게. 호랑이깨나 잡아본 솜씨다."

"정확하게 열두 마리지요."

청년이 어깨를 으쓱하며 말했다.

"북쪽으로 간다."

적풍이 창을 던진 청년을 슬쩍 보고는 먼저 걸음을 옮겼다. 그러자 궁백이 급히 적풍을 따라붙으며 의아한 표정으로 물었다.

"그쪽은 길이 없지 않소?"

"이곳 지형을 아는군."

"갇혀 있은 지 이미 두 해요. 당연히 탈출할 준비를 하고 있었소. 뇌옥으로 양식을 가져오는 자들과 제법 친해진 상태였소."

궁백이 대답했다.

"그대 말이 맞아. 북쪽으로 가면 길이 없다."

"그럼 어떻게 탈출하겠다는 거요?"

궁백이 걱정스런 표정으로 되물었다.

"절벽이 있다는 소릴 들었나?"

"들었소. 하지만 날짐승도 오르내리기 힘들다던데……."

"그곳에서 뛰어내릴 것이다."

"그게 무슨 소리요? 모두 죽자는 거요?"

"다른 곳으로는 길이 없다. 이미 성문은 모두 막혔을 거야. 뭐… 그래도 나 혼자라면 뚫고 나갈 수 있겠지만 그대들까지 데리고는 무리지. 길은 그 절벽에서 뛰어내리는 것 하나야."

"젠장, 절벽 아래는 바위로 가득한 급류라고 하던데 어떻게 살아난단 말이오?"

뒤따르던 신혈족 중 한 명이 불만을 털어놨다.

"도착하면 방법을 알려주지. 돌아가고 싶으면 돌아가도 좋고."

적풍이 더 이상 말씨름하고 싶지 않다는 듯 냉정하게 말하고는 숲을 치달리기 시작했다.

"북쪽이다!"

"놈이 나타났다! 놈이 뇌옥을 깨고 죄수들을 탈출시켰다!"

성 북쪽의 숲을 뒤지고 있던 지왕종문의 마인들이 곳곳에서 적풍 일행을 발견하고는 소리쳤다.

당연히 그 소리가 모악의 귀에 들렸다.

"등하불명(燈下不明)… 노련한 자군. 더군다나 앞서간 자들의 뒤를 따라 다시 절벽으로 가다니. 그쪽이 비었을 거란 걸 예상하고 있었던 거군. 그나저나 뇌옥을 깨다니, 도대체 이골마족의 존재를 어찌 알았을까?"

모악이 곤혹스런 표정으로 중얼거렸다.

뇌옥에 이골마족이 갇혀 있는 것을 아는 사람은 지왕종문에서도 극소수였다.

그 일은 염화마군 철륵과 모악이 처음 지왕종문을 세울 때부터 계획했던 일이라 뇌옥을 준비하는 것부터 이골마족을 데려오는 일까지 모든 것이 어둠 속에서 진행됐었다.

그런데 이 기이한 침입자는 놀랍게도 모악의 예상을 깨고 이골마족들을 데려간 것이다.

"만나야 해. 어떤 실마리라도 잡아야 한다."

모악이 입술을 깨물었다.

침입자를 잡지 못할 수도 있었다. 아니, 그의 무공을 생각하면 잡지 못할 가능성이 훨씬 컸다. 그러나 적어도 몇 마디 말은 더 섞고 싶었다. 그 와중에 그의 정체에 대한 단서를 잡을 수도 있기 때문이었다.

"그를 만나거든 싸우지 말고 길만 막아라!"

모악이 급히 몸을 날리며 명을 내렸다.

길은 신기할 정도로 수월하게 열렸다.

적들은 좌우에서 신속하게 따라붙었지만 그렇다고 앞을 막지는 않았다. 접전도 없었다. 외려 적들이 적풍 일행을 절벽 쪽으로 안전하게 인도하는 것처럼 느껴질 정도였다.

적풍 역시 서둘지 않았다. 공격할 의사가 없는 적을 상대로 힘을 뺄 필요는 없었다.

"정말 이대로 가도 되는 것이오?"

궁백이 다시 물었다.

적의 공격이 없으니 여유가 생긴 모양이었다. 그러자 적풍이 달리면서 등 뒤에 매달아놓았던 보따리를 끌러냈다.

그리고 그 안에서 앞서 천의비문 문도들에게 주었던 것과 같은 얇은 가죽 천을 꺼내 궁백에게 건넸다.

"이건 뭐요?"

"가볍지만 질겨서 바람을 타고 절벽 아래로 내려갈 수 있을 거야. 여기까지가 내가 해줄 수 있는 일이다. 급류에 들어가서는 무조건 하류로 내려가라. 물살이 유해지는 곳에 기다리는 사람이 있으니까."

"음… 이게 되겠소?"

"언제나 그렇지만 선택은 그대들의 몫이다."

적풍이 매정하게 말하고는 좀 더 속도를 높였다. 그의 신형이 쏘아진 화살처럼 절벽의 향해 질주했다.

절벽 끝이 보일 때 적풍이 사자검을 휘둘렀다. 사자검으로부터 검은 검기가 초승달 모양으로 휘어지며 절벽에 서 있던 지왕종문의 마인들을 향해 날아갔다.

콰앙!

지왕종문의 마인들은 법사 모악의 명대로 지키기만 할 뿐 싸울 생각은 없었지만 적풍이 공격을 해대니 대응하지 않을 수도 없었다.

그러나 그 결과는 비참했다.

적풍의 무지막지한 공격에 절벽의 공터를 지키고 있던 지왕종문의 마인 다섯이 깨지듯 사방으로 튕겨 나갔다.

"악!"

개중 적풍의 검에 격중된 자 셋은 피를 뿌리며 절벽 아래로 떨어졌고, 나머지 두 명은 그 파장을 이기지 못하고 비틀거리며 뒤로 물러나 적풍에게 절벽 위 공터를 내주었다.

그사이 설루와 다섯 명의 신혈족도 절벽 위에 도착했다.

"뛰어내려. 지금밖에 시간이 없어."

적풍이 궁백 등을 보며 말했다. 그러자 궁백이 다른 신혈족들에게 말했다.

"아우들 가보세. 죽고 사는 거야 하늘의 뜻이지. 이게 도움이 되길 바라세."

궁백이 적풍이 건넨 가죽 보자기를 펼치며 말했다. 그러자 몽금이란 이름을 가진 커다란 체구의 여인이 망설이며 말했다.

"나… 난 어떡하오? 대형?"

몽금은 여인이면서도 궁백을 대형으로 불렀다.

그녀의 망설임은 어쩌면 당연한 것이었다. 적풍이 건넨 가죽 보자기는 한 장. 그런데 그 한 장의 모피에 신혈족 다섯이 의지하기에는 아무래도 무리였다.

그중에서도 그녀의 커다란 몸집이 가장 큰 문제였다. 그녀는 웬만한 장정 두 배의 무게를 지니고 있었기에 모피는 더욱더 작아 보였다.

몽금의 말에 궁백도 난감한 표정을 짓는데 적풍이 다시 한 장의 모피를 꺼내 말없이 몽금에게 건넸다.

"고, 고맙소."

몽금이 얼떨결에 모피를 받다들며 말했다.

"그럼 당신은 어쩌실 생각이오?"

더 이상 적풍의 손에 모피가 없는 것을 본 궁백이 물었다.

"내 걱정은 마."

적풍이 무뚝뚝하게 대답한 후 사자검을 들어 절벽 아래를 가리켰다. 뛰어내리라는 뜻이다.

궁백 등이 절벽 아래 어둠을 슬쩍 바라보고는 결심을 한 듯 절벽 끝으로 다가갔다. 그러고는 이내 망설이지 않고 절벽 아래로 몸을 던졌다.

"꼭 살아오시오."

궁백 등이 몸을 날리자 몽금이 뒤따라 커다란 덩치를 절벽 아래로 던지며 소리쳤다.

"우린 어쩌지?"

신혈족 오 인이 절벽에서 뛰어내리자 설루가 걱정스런 표정으로 적풍에게 물었다. 적풍은 걱정 말라고 했지만 사실 맨몸으로 절벽을 뛰어낼 자신이 없는 설루였다.

"날 믿어."

적풍이 설루의 손을 잡고 절벽 끝으로 다가갔다. 그리고 몸을 날리려는 순간 숲 저쪽에서 모악의 목소리가 들렸다.

"잠깐, 잠깐 기다려라!"

적풍이 몸을 날리려다 말고 고개를 돌렸다. 그에게 한 팔이 잘린 모악이 다급한 표정으로 달려오고 있었다.

"배웅까지 하려고?"

적풍이 한 발을 절벽 끝에 걸친 채 모악에게 물었다.

"신혈족과는 어떤 관계냐?"

모악이 적풍이 몸을 날릴까 봐 다급해하며 급히 물었다. 어떻게든 적풍의 발을 묶고 대화를 하고 싶은 마음인 듯 보였다.

"봐서 알 텐데?"

"대체… 누가 당신을 이곳에 보냈는가? 우리 지왕종문에 원하는 것이 단지 그들을 데려가려는 것이었나?"

모악의 질문이 이어졌다.

그 모습을 보고 적풍은 모악의 생각을 알아챘다. 이자는 어떻게든 자신의 입을 열게 해 내력을 알아내려는 것이었다.

갑자기 적풍의 입가에 묘한 미소가 떠올랐다. 한순간 재미있는 생각이 떠오른 것이다.

"정말 날 보낸 사람을 알고 싶나?"

갑작스런 질문에 모악이 오히려 당황했다. 적풍의 표정으로 보아 말해줄 것도 같기 때문이었다.

"말해줄 수 있는가?"

"감당할 수 있을까?"

"누구냐?"

모악이 급히 물었다.

그러자 적풍이 빙긋 웃더니 설루의 허리를 감싼 채 절벽을 차고 올랐다.

"누구냐니까?"

모악이 다급하게 절벽 끝으로 달려가며 소리쳤다.

"노인이 그러더군, 자중하라고. 자신을 월하선봉에서 내려오게 하지 않으려면 말이야."

그 말을 끝으로 적풍의 목소리가 어둠 속에 묻혔다.

그러나 그 순간 모악의 머릿속에 더 이상 적풍은 없었다. 그가 멍한 표정으로 중얼거렸다.

"월하선봉… 노인……! 의천노공!"

모악이 마치 불에 덴 사람처럼 스스로의 말에 화들짝 놀랐다.

그러고는 급히 절벽 아래를 바라봤다. 그러나 이미 어디서도 적풍을 찾을 수 없었다.

"의천노공이라니… 그가 드디어. 아… 결국 이골마족을 불러 모으고 천의비문의 의원을 데려온 것이 그의 심기를 건드린 것인가? 이러면 안 되는데. 곤란한 일이다. 그가 벌써 종문의 일에 관여하기 시작한다면. 이건 간단한 문제가 아니다. 종문의 해체를 고민해야 할 문제지. 아니면… 그를 찾아가든지."

모악이 황망한 표정으로 신형을 돌려 다시 지왕종문으로 내달리기 시작했다.

웅웅웅!

설루는 머리 위에서 벌 떼가 울어대는 소리를 들으며 신기한 눈으로 적풍을 보고 있었다.

적풍은 머리 위로 사자검을 들어 올려 계속해서 빙글빙글 휘두르고 있었다. 그 덕에 두 사람이 떨어지는 속도는 마음의 여유를 찾을 정도로 느렸다.

그렇다고 적풍이 사자검을 보이지 않을 만큼 빠르게 휘두르는 것도 아니었다. 사자검은 생각보다 느리게 움직이고 있었다. 그럼에도 불구하고 두 사람이 떨어지는 속도를 늦출

수 있는 이유는 사자검 주위에 형성된 검은색 검막 때문이었
다.

사자검을 따라 만들어지는 검막은 마치 깃발처럼 공기를 차
단해서 두 사람의 하강 속도를 늦췄다.

"조심해!"

적풍에게 시선을 고정시키고 있던 설루의 귀에 문득 적풍의
목소리가 들렸다.

설루가 시선을 아래로 돌렸다. 어느새 차가운 물 기운이 느
껴진다.

콰아아!

그리고 들려오는 격류 소리. 머리 위에서 사자검이 만드는
소리를 모두 잡아먹고도 남을 굉음이었다.

설루가 자신도 모르게 적풍의 어깨에 둘러진 손에 힘을 줬
다. 이대로 빠졌다가는 다시 적풍과 헤어질 것 같은 느낌이 들
었던 것이다.

"걱정 마."

적풍이 부드럽게 말했다.

십자성의 고수들이 보았다면 도저히 믿을 수 없을 만큼 정
감 있는 목소리다.

그즈음 적풍이 사자검을 거뒀다. 그러고는 가볍게 자신의 발
등을 차 허공에 정지한 듯 멈추더니 그사이 사자검을 검집에
넣고 설루의 두 허리를 바싹 끌어안았다. 직후 두 사람의 몸이
그대로 격류 속으로 떨어졌다.

풍덩!

높게 물보라가 일었다가 급류에 휘말려 사라졌다. 그리고 두 사람의 모습도 더 이상 보이지 않았다.

쿠샨은 줄곧 수면에서 눈을 떼지 않고 있었다.

그가 타고 있는 배 뒤쪽에 초조한 시선으로 어두운 강물을 지켜보고 있는 천의비문의 의원들이 보였다. 지왕종문에서 탈출한 유온 등 삼 인의 의원이다.

"너무 늦는 것 같은데요?"

비문의 의원 중 막내인 임화가 유온을 보며 말했다.

"기다려 보자. 결국 사매는 올 거야."

"그래야죠."

유천일이 유온의 말에 맞장구를 쳤다.

그때 갑자기 쿠샨이 움직였다. 그가 급히 삿대로 배를 밀기 시작했다.

"왔나?"

유온 등이 자리에서 일어났다. 그들의 시선이 배가 향하는 쪽으로 향했다.

그 순간 마치 바다에서 고래가 떠오르듯 거대한 물체가 물 위로 솟구쳤다.

"푸아!"

물 위로 솟구친 물체가 하늘로 물을 뿜어냈다. 한순간 정말 고래인가 착각이 들 정도였다.

그러나 쿠샨과 천의비문의 의원들은 모두 물 위로 떠오른 물체가 사람임을 알고 있었다.

거대한 몸집을 지닌 자, 처음에는 어스름한 새벽빛으로 인해 사내로 보였지만 자세히 보니 여인이다. 단지 몸집이 클 뿐 얼굴은 제법 여인다운 면조차 있었다.

"여기요."

쿠샨이 배 위에서 물 위로 떠오른 여인, 뇌옥에 갇혀 있던 신혈족 중 한 명인 몽금을 불렀다.

"정말 기다리는 사람이 있었군."

몽금이 마치 사내처럼 중얼거렸다.

"혼자요?"

쿠샨이 다시 물었다. 그러자 몽금이 배가 있는 쪽으로 헤엄을 쳐 오며 외려 되물었다.

"내가 처음이오?"

"그렇소."

"그럼 곧 올 거요. 나도 살았는데 의형들이 죽을 리는 없으니까."

몽금이 투박하게 말하며 한 손을 배에 걸쳤다.

"오르시오."

쿠샨이 말하자 몽금이 고개를 저었다.

"아니오. 이렇게 있겠소. 내가 타면… 다른 사람들이 탈 수 없을 테니까."

"물속에 오래 있으면 몸이 상하는 법이오."

쿠샨의 뒤에서 천의비문의 문도 유온이 의원임을 속일 수 없는 말을 했다.

"괜찮소. 난 본래 살가죽이 질긴 사람이오."

몽금도 고집이 대단했다.

그러나 배에 오르라는 사람과 물속에 있겠다는 사람의 실랑이는 오래가지 않았다. 배 근처에서 또 다른 자들이 떠올랐기 때문이었다.

촤악!

몽금만큼은 아니지만 그래도 제법 높은 파고가 일어났다. 그리고 네 사람이 물속에서 모습을 드러냈다.

"대형! 오셨군요!"

몽금이 기쁜 표정으로 소리쳤다.

"저런, 몽 매가 벌써 와 있었군."

물속에서 나온 신혈족 궁백이 웃음 가득한 얼굴로 말했다.

"어서 이리 오세요."

몽금이 손짓으로 궁백과 다른 사람들을 불렀다. 그러자 뇌옥을 탈출한 신혈족들이 급히 배 근처로 다가왔다.

"오르세요."

궁백이 다가오자 몽금이 배에 오르기를 권했다.

"몽 매는 왜 이러고 있어? 배에 오르지 않고?"

"전 괜찮아요. 어서 오르세요."

몽금이 궁백의 팔을 받쳐 배 위로 밀어 올렸다. 놀라운 신력이다.

"자자, 다른 사람도 어서 올라요."

몽금이 다른 신혈족들을 재촉했다. 그러자 신혈족들이 서둘러 난간을 잡고 배 위로 올라갔다.

"어서들 오시오. 고생했소."

천의비문의 문도들이 기다렸다는 듯이 그들에게 마른 천을 건네 몸의 체온을 지키게 했다.

"고맙소. 후우, 이제야 살 것 같군."

신혈족들이 비문의 문도들이 건네는 천으로 몸에 묻은 물기를 훔치며 안도의 한숨을 내쉬었다.

그렇게 신혈족들까지 모두 배에 도착하자 쿠샨의 표정이 초조해지기 시작했다.

"주군은 어찌 되셨소?"

쿠샨이 신혈족들에게 물었다.

"주군이라니… 누구 말이오?"

궁백이 되물었다.

"당신들을 탈출시킨 분 말이오."

"아, 그분이라면 뒤따라오실 거요. 우리가 먼저 절벽에서 뛰어내렸소."

"음, 뒤에 남으셨단 말이오?"

쿠샨이 타박하듯 물었다.

"절벽까지는 함께 왔으니 너무 걱정 마시오."

궁백이 미안한 표정으로 쿠샨을 안심시켰다.

그러나 사실 궁백도 적풍을 걱정하고는 있었다. 그의 손에 떨어지는 속도를 줄여줄 더 이상의 가죽 천이 남아 있지 않다는 것을 알기 때문이었다.

가죽 천으로 부력을 만들지 않는다면 그 절벽에서 살아남기가 그리 쉬운 일이 아니었다.

쿠샨이 다시 시선을 수면으로 돌렸다. 그러고는 마치 석상처럼 움직이지 않고 수면을 응시하기 시작했다.

그렇게 일각여가 지났을까. 문득 배 근처에서 포말이 일어나더니 적풍과 설루가 물속에서 날아올랐다.

"주군!"

쿠샨이 반가운 표정으로 적풍을 불렀다.

설루를 안고 허공으로 솟구친 적풍이 몸을 틀어 배 위로 내려섰다.

그의 움직임에 장내의 사람들이 놀람을 감추지 못하는데 쿠샨만큼은 오로지 기쁜 표정으로 적풍에게 말을 건넸다.

"무사하셔서 다행입니다."

"마굴에서 죽을 수는 없지 않소."

"하하, 그렇지요. 천하의 주군께서… 그런데 이분께서 주모님이시군요."

쿠샨이 천의비문의 문도들이 건네준 천으로 물기를 닦고 있는 설루를 보며 말했다.

"그렇소."

적풍이 고개를 끄떡였다. 그러자 쿠샨이 설루에게 정중히 고개를 숙여 보이며 말했다.

"어서 오십시오, 주모! 쿠샨이 인사 올립니다."

지나칠 정도로 정중한 쿠샨의 인사에 설루가 당황한 표정으로 손을 저었다.

"이, 이러지 마세요. 전⋯⋯."

"그러게. 사람 당황스럽게 왜 이러시오. 솔직히 나도 익숙지 않은 일이오."

적풍이 쿠샨에게 말했다.

"그래도 전 제가 할 도리를 하겠습니다. 아무튼⋯ 일단 이곳을 벗어나겠습니다. 지왕종문의 추격이 있을 수도 있으니."

"그럽시다."

적풍이 동의하자 쿠샨이 배를 출발시켰다. 물결을 따라 내려가면 되는 일이라 배는 곧 속도를 냈다.

새벽안개까지 올라왔으므로 배는 이내 자취를 감췄다.

*　　　　*　　　　*

눈부신 전서구가 강을 날아 건너고, 들판을 지나더니, 높다란 산을 치달아 올랐다.

그러고는 구중심처라 불릴 수 있는 거대한 장원의 북쪽 첨탑 속으로 들어갔다.

"스승님!"

촛불을 밝히고 서책을 읽고 있던 묵안노 마한이 살짝 눈살을 찌푸리며 방으로 들어서는 이제자 황옥을 바라봤다.

"너답지 않구나."

마한이 평소답지 않게 서두르는 황옥을 책망했다. 그러나 평소 같으면 잘못을 빌었을 황옥이 이번만큼은 그리하지 않았다.

더군다나 선천적으로 지니고 있는 염기조차 사라져 보였다. 그만큼 급한 일이란 뜻이다.

"생각지 못한 일이 생겼습니다."

황옥의 표정이 심상찮다고 느낀 마한이 서탁을 옆으로 밀며 물었다.

"무슨 일이냐?"

"지왕종문에 든 세작에게서 전서가 왔는데……."

"지왕종문에 변고가 생겼는가?"

"그렇습니다. 웬 자가 대혈산 지왕종문에 침입해 금지에 감금되어 있던 자들을 탈출시켰다고 합니다. 더군다나… 염화마군의 심복으로 알려진 지의장 탐모가 그자의 손에 죽었답니다."

"음… 지의장 탐모가 죽어? 지왕삼장 중 한 명인?"

"그렇습니다."

황옥의 대답에 마한이 손으로 턱을 쓸었다.

"알 수 없구나. 대체 누가 있어 감히 지왕종문의 본거지에 난입했을까? 거기에 지의장 탐모라… 놀라운 자다. 변수인가?"

"탈출한 자 중에는 천의비문의 의원들도 포함되어 있었다고 합니다."

"비문의 의원들? 나쁘지 않군."

"무슨 말씀이신지?"

황옥이 물었다.

"비문의 의원들이 탈출했다면 우리에겐 두 가지 이득이 있다. 하나는 염화마군이 비문의 의원들을 데리고 하려던 일이 틀어졌다는 것이고, 둘째는 그들이 결국은 월출산으로 갈 테니 그곳에 사람을 보내 지왕종문을 기습한 자들의 정체를 들을 수 있을 것이다."

"그것이……."

"내 생각에 문제가 있느냐?"

"아닙니다. 비문의 의원들이 월출산에 든다면 당연히 사부님의 말씀대로 될 것입니다. 다만… 지왕종문을 기습한 것은 오직 한 명이었다고 합니다."

"뭣? 그게 사실이냐?"

마한의 눈빛이 번뜩였다.

지왕종문을 홀로 기습할 수 있는 자가 있다는 것이 도저히 믿기지 않는 모양이었다. 비록 그곳에 염화마군 철륵이 없었다고 해도 강호의 그 누가 지왕종문의 수백 마인을 홀로 상대할 수 있단 말인가.

거기에 지의장 탐모를 벴으니 기습한 자의 무공이 어떠한지는 보지 않아도 알 수 있는 일이다.

"세작의 보고에 의하면 그렇습니다."

"음… 그게 사실이라면 이건 초립 천무객을 능가하는 변수다."

마한이 살짝 아미를 모았다. 뭔가 불편한 눈치다.

"지왕종문에 강적이 나타났다는 것이 나쁜 일은 아니지 않습니까?"

황옥이 물었다.

"어리석은 소리. 중요한 것은 그자의 의도야."

마한이 고개를 저으며 말했다. 그러자 황옥이 잠시 생각에 잠겼다가 조심스레 말했다.

"그런데… 제 생각에는 지왕종문에 침입한 자가 소문의 그 초립 천무객일 수도 있다는 생각이 듭니다."

"어째서?"

"첫째는 세작이 보낸 침입자의 행색이 초립 천무객과 비슷하고, 둘째는 산서 적룡마가를 공격한 것을 끝으로 그가 더 이상 나타나지 않고 있기 때문입니다. 애초에는 그것이 염화마군 철륵의 공격을 피해 몸을 숨긴 것으로 생각했지만 지금 와서 보면……."

"성동격서(聲東擊西)?"

"그렇습니다. 그런 면에서 보자면 천무객이 지왕종문을 추종하는 문파들을 각지에서 격파한 것도 모두 이번 기습을 위한 것이 아니었을까 하는 생각이 듭니다."

"음… 그래, 과연 그럴 수 있구나. 그렇다면 더더욱 대단한 자가 아닌가. 홀로 지왕종문 헤집을 수 있는 무공과 지모를 가진 자라면……."

"어찌할까요?"

"일단 월출산에 사람을 보낸다. 천무객과 연관이 있다면 천의비문을 이용해 반드시 그를 만나야 한다. 그리고… 이렇게 된 이상 종문을 공격해야겠다."

"예?"

황옥이 화들짝 놀란 표정으로 되물었다.

"지금 지왕종문을 공격하면 완전히 승세를 잡을 수 있어. 물론 북두회의 손실도 만만치는 않겠지만 그것도 나쁠 것은 없다. 더군다나 이제 그런대로 정천사자들을 쓸 수 있으니 마무리는 그들로 하면 되겠지. 그럼 모든 게 내 뜻대로 될 것이다. 변수는 이제 오직 둘이다. 십자성과 천무객! 그중 먼저 천무객을 만난다."

"알겠습니다, 스승님!'"

황옥이 평소의 그 농염함을 버리고 차가운 한광을 뿌리며 대답했다.

*　　　　*　　　　*

쾅!

청옥관이 산산조각 났다. 며칠 전까지만 해도 관 속에 누워 있던 자들은 보이지 않았다.

콰쾅!

다시 또 다른 관이 부서졌다.

관을 부숴대는 도는 불길에 휩싸인 듯 붉은빛을 뿜어내고 있었다. 얼핏 보면 청룡도를 닮아 있으나 등에 비늘이 없어 청룡도는 아니었다.

검의 주인은 염화마군 철륵이었다.

"살아 있는 형제는?"

"셋입니다."

지왕삼장 중 지독장 독로가 대답했다.

그는 염화마군 철륵과 함께 초립 천무객을 주살하러 출도했다가 지왕종문의 변고 소식을 듣고 앞서 달려와 성내의 상황을 파악한 후였다.

"셋이라… 일곱 중 셋이라……"

염화마군 철륵의 눈에서 불꽃이 떨어진다. 눈물 같은 불꽃이다.

염화마군이 뚜벅뚜벅 석실을 서성였다. 분노를 참지 못하는 모습이다.

"소주께서 살아계셔서 그나마……"

"어디 계시지?"

"본래 거처하시던 곳이 무너져서 서쪽에 임시로 거처를 마련하셨습니다. 무너진 장원은 급히 보수 중입니다."

"그는?"

"……?"

"법사 말이야."

"소주와 같은 곳에 있습니다. 잘린 팔을 치료하고 있습니다."

"그를 만나야겠다. 불러와."

"소주를 먼저 뵙는 것이 어떠실지……? 기다리고 계신다고 하셨습니다. 어차피 그곳에 그도 있으니……."

"후욱!"

독로의 말에 염화마군 철륵이 깊게 숨을 내쉬었다.

그러자 그의 입에서 불길이 흘러 나가는 듯 붉은 기운이 토해졌다. 왠지 모르지만 소주 우다문과 모악을 함께 만나는 것이 불편한 듯 보였다. 그러나 결국 독로의 말을 받아들였다.

"알겠다."

"모시겠습니다."

독로가 안도한 표정으로 앞장서서 길을 열었다.

"소주!"

염화마군 철륵이 가볍게 고개를 까딱였다. 그에 따라 그의 주위를 감싼 붉은 기운들이 물결처럼 일렁였다.

"마군, 진정 좀 하지?"

우다문이 눈살을 찌푸리며 말했다.

염화마군의 몸에서 흘러나오는 이 염기들이 그의 마음을 그대로 드러내고 있기 때문이었다. 이 붉은 기운들은 곧 염화마군 철륵의 분노였다.

"형제들이 상했습니다. 어찌⋯⋯."

"마군은 우리 일족의 중심이야. 중심이 흔들리면 모두가 흔들린다. 모르지 않을 텐데?"

"소주께서 계신데 제가 감히 어찌⋯⋯."

"후후후, 나야 뭐 병약한 어린애일 뿐이고⋯⋯."

순간 철륵이 뭔가를 깨달았는지 급히 고개를 숙이며 말했다.

"인사가 늦었습니다. 깨어나신 것을 감축드립니다."

"지금이 축하 인사를 받을 때는 아니지. 그렇다고 지나치게 흥분하는 것도 좋지 않아. 성내 문도들이 흔들리고 있다. 이대로 둔다면 도망자가 여럿 발생할 거야."

"그런 일 없도록 하겠습니다."

"후후후, 잊었어? 불의 성에서도 그랬잖아?"

"그, 그건⋯⋯."

"마음 가진 존재는 본래 약해 빠졌어. 겁이 나면 도망치지. 그 두려움은 무엇으로도 막을 수 없다. 그러니 마군이 흔들리면 안 돼."

"알겠습니다. 그런데⋯⋯."

철륵이 잠시 망설였다.

"말해봐."

우다문이 고개를 끄떡이며 철륵의 말을 재촉했다.

"그자⋯ 소주께서도 감당키 어려운 자였습니까?"

"후후후, 날 원망하는군. 그자를 막지 않았다고."

"그건 아닙니다."

철륵이 고개를 저었다.

"아니야. 원망할 만해. 그러나 마군 그대가 잘못 알고 있는 게 있어."

"……?"

"내 몸은 완전히 회복된 게 아니야. 신화지기의 삼 할도 쓰지 못해."

"음……."

철륵이 나직하게 침음성을 흘렸다.

"더군다나 몸에 제약도 있다는군. 백 일에 한 번은 반드시 치료를 받아야 한다나?"

"어찌 된 일인가?"

철륵이 한쪽 팔이 잘린 채 침묵을 지키고 있는 모악에게 물었다.

"소주를 회복시키기 위해서 감수해야 했던 부작용입니다. 그건 나중에 자세히 말씀드리지요. 지금은 그것보다 더 큰 중요한 문제가 있습니다."

"소주의 상세보다 중요한 문제가 있다고?"

철륵이 노한 듯한 표정으로 물었다.

"그렇습니다."

모악이 대답했다.

"말해보라."

허튼 말이 나오면 당장 목을 벨 것 같은 기세로 철륵이 말했다.

그러나 모악은 철륵의 살기 같은 것에는 관심이 없는 듯 보였다. 사실 그는 전혀 다른 걱정을 하고 있었다.

"나도 궁금하군. 이봐 법사, 대체 그날 이후 왜 그렇게 우거지상이야? 팔 하나 잘렸다고 그래?"

우다문이 모악을 보며 물었다.

"그건 아닙니다."

"그럼 뭐 때문에 그래? 시원하게 말해봐."

우다문의 재촉에 모악이 입을 열었다.

"그간 궁리해 본 결과 그자, 본 성에 침입했던 그자는 초립 천무객 같습니다. 외곽에서 본 문을 추종하는 문파들을 공격해 마군께서 출성하게 만든 후 본 문을 기습한 것이지요."

"그야… 대충 예상했던 일 아닌가? 설마 법사가 그 정도 일에 놀랄 사람은 아닐 텐데?"

철륵이 말했다.

"그렇습니다. 사실 제가 정작 두려운 것은 그 초립 천무객이라는 자를 보낸 사람이……."

"배후를 아는가?"

우다문조차 놀란 표정으로 물었다.

"그자가 절벽에서 뛰어내리기 전 말하더군요. 자신은 의천노공이 보내는 경고라고!"

"의천노공!"

염화마군 철륵의 눈이 커졌다. 그의 눈에도 지금껏 볼 수 없었던 감정이 드러났다.

그건 두려움이었다.

『십자성—전왕의 검』 6권에 계속…

검자 新무협 판타지 소설
FANTASTIC ORIENTAL HEROES

목탁

해적으로 바다를 누비던 청년,
절해고도에 표류해… 절대고수를 만나다!

"목탁은 중생을 구제하는
좋은 이름일세"

더 이상 조무래기 해적은 없다!
거칠지만 다정하고, 가슴속 뜨거운 것을 품은

목탁의 호호탕탕 강호행에
무림이 요동친다!

Book Publishing CHUNGEORAM

유행이 이난 자유추구
WWW.chungeoram.com

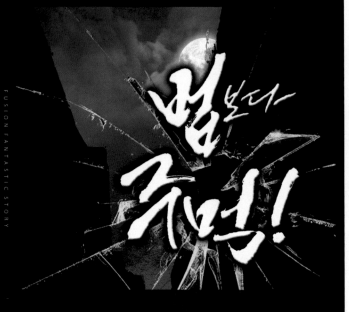

사락함대 장편소설

FUSION FANTASTIC STORY

법보다 주먹!

2016년 대한민국을 뒤흔들 거대한 폭풍이 온다!

『법보다 주먹!』

깡으로, 악으로 밤의 세계를 살아가던 박동철.
그는 어느 날 싱크홀에 빠진다.

정신을 차린 박동철의 시야에 들어온 건 고등학교 교실.
그리고 그에게 걸려온 의문의 ARS는 그를 새로운 인생으로 이끄는데…….

빈익빈 부익부가 팽배한 세상, 썩어버린 세상을 타파하라!

법이 안 된다면 주먹으로!
대한민국을 뒤바꿀 검사 박동철의 전설이 시작된다!

Book Publishing CHUNGEORAM

유행이 아닌 자유추구 -
WWW.chungeoram.com

연기의 신

FUSION FANTASTIC STORY

서산화 장편소설

GOD OF ACTING

PRODUCTION
DIRECTOR
CAMERA
DATE   SCENE   TAKE

무대, 영화, 방송…
모든 '연기'의 중심에 서다!

『연기의 신』

목소리를 잃고 마임 배우로 활동하던 이도원은
계획된 살인 사건에 휘말려 비참한 죽음을 맞이한다.
그런 그에게 주어진 특별한 기회, 타임 슬립.

"저는 당신의 가면 속 심연을 끌어내는 배우입니다."

이제 그의 연기가 관객을 지배한다!
20년 전으로 되돌아가 완전한 배우로서의
삶을 꿈꾸는 이도원의 일대기!

Book Publishing CHUNGEORAM

유행이 아닌 자유추구 -
WWW.chungeoram.com